天边的月亮湖

TIAN BIAN DE YUE LIANG HU

王小忠 著

青海人民出版社
·西宁·

图书在版编目（CIP）数据

天边的月亮湖 / 王小忠著 . -- 西宁 : 青海人民出版社 , 2024. 8. -- ISBN 978-7-225-06701-8

Ⅰ. I247.5

中国国家版本馆 CIP 数据核字第 20244T2R40 号

天边的月亮湖

王小忠　著

出 版 人　樊原成

出版发行　青海人民出版社有限责任公司

西宁市五四西路 71 号　邮政编码：810023

电话：（0971）6143426（总编室）

发行热线：（0971）6143516 / 6137730

网　　址　http://www.qhrmcbs.com

印　　刷　成都市东辰印艺科技有限公司

经　　销　新华书店

开　　本　890 mm × 1240 mm 1/32

印　　张　5.5

字　　数　80 千

版　　次　2024 年 8 月第 1 版　2024 年 8 月第 1 次印刷

书　　号　ISBN 978-7-225-06701-8

定　　价　32.00 元

01

雪快要来了。扎西东珠站在村子对面的山坡上，望着最后一批离开村子的人群，突然间眼眶变得热乎乎的。此时的班玛草原也失去了往昔的绚丽，紫穗草硬撑着沉重的身子，彰显出秋日里的强劲来；金露梅和银露梅褪去夏日的繁盛，顶着棕褐色的小果；羊羔花谢去洁白的珠花，狼牙棒似的身子上挂满了小老鼠眼睛一样的果实；各种毛茛花咬紧牙关，寒霜来临之前，它们得坚守草原，站好最后一班岗……蚂蚱的叫声更让人心烦意乱。都要搬走了，留下来的只有他家一户。他不知道要等到什么时候，才能搬到二十多公里之外的新村子里去。

搬迁的事情上，才华加摇摆不定。年前还说得好好的，要和大家一起搬过去。可正当搬迁时，他却反悔了。才华加出其不意地反悔让扎西东珠无法理解——阿爸为什么要反悔？是舍不得离开，还是隐藏着不为人知的秘密？

村子虽然不大，搬迁起来却十分麻烦。从夏天开始，男人们就开始收拾。二十多公里之外的新村子建好快一年了，却迟迟没有搬过去，一直等到通过村子的那条公路彻底被封死。公路改线到二十公里之外新建的村子旁边，新建的村子作为示范性定居点，漂亮得和小城镇一样。柏油大路弯弯曲曲，绕过山梁，一直通向远处的县城。

新建的村子距离黄河湿地很远，但村子四周依然是平坦的草原。可扎西东珠还是舍不得以前的村子，更舍不得那片稠密的灌木林。学校在村子对面，要经过黄河吊桥。站在吊桥上看不见黄河全貌，黄河隐身于大片灌木丛林中。每年三四月，大雪覆盖灌木时，才会看见细得要命的黄河的腰身，它像矫健的游蛇，在阳光的照射下，闪动着明亮的银光。这时候扎西东珠和他的朋友们才敢走到河边，沿着赤麻鸭的脚印，寻找它们的窝，也会顺着大天鹅的叫声，看着它们潇洒自如地在河水里游动。

扎西东珠有很多同学，但一道同行的只有四个。索南昂毛、代吉草和郭艳艳都是女生，华丹嘉木措和他是男生，大家虽然不在同一个年级，但都是最好的朋友。

郭艳艳的阿爸不是班玛草原上土生土长的牧民。阿爸曾经告诉过扎西东珠，说他还没有出生时，郭艳艳的阿爸就来班玛草原了。

别看才华加是牧民，讲起故事来却非常动听——隆冬的班玛草原寒冷极了，一条羊道弯弯曲曲，除此之外便是一望无际的苍茫草原。那年班玛草原上下了一场很大的雪，等了好几日，见牧场周围露出花白的草地时，才华加和道智才骑着摩托车动身了。才华加和道智搭伴进城，要卖酥油和牛绒……扎西东珠一边听阿爸讲故事，一边想象着当时的情景。

才华加和道智冒着严寒驶出牧场时，发现路上的积雪并没有完全融化，摩托车滑倒了好几回。他们即将驶入公路时，发现一辆摩托车倒在雪地上，旁边的人缩成一团，一动不动，寒风将他裹在头上的围巾吹成一条乌黑的飘带。才华加和道智慌忙跑过去，发现是郭华，便毫不犹豫地送他去了医院。

到县城最近的路要绕过月亮湖，过了月亮湖，再前行三十里就到县城了。月亮湖的冬天寂静无声，完全没有夏日的热闹。夏日的月亮湖边人可多了，湖边的灌木枝条上挂满了经幡，整个月亮湖四周的草原都显得神圣而庄重。远道而来的人们争先恐后，将寓意吉祥的宝瓶（吉祥八宝之一）扑通扑通地扔进湖中，希望能够带来好运和幸福……

郭华气若游丝，要赶紧送到医院，否则就会出现大麻烦。才华加将郭华绑在自己身后，让道智骑着郭华的摩托车，直奔月亮湖。终于到了月亮湖边，可是怎样才能过得去呢？看着挂在湖边灌木上的经幡，听着呼啸而过的寒风，望着封冻在地面上的隆达（隆达也叫风马，是一种印有神灵骑马的彩色小纸片。抛撒隆达是藏族习俗，人们无论在喜庆佳节里，还是出行到高山湖泊时，总要一边高声祈祷，一边向高空抛撒隆达，祈求神灵保佑），他们六神无主。昔日蓝汪汪的月亮湖已经冻成了一面光亮的镜子。那面镜子里，他们看到了彼此的虔诚和恭敬，也看到了郭华皖白的脸庞，最后决定穿湖而过。

原本过湖还有一条路，而此时已被暴涨的湖水淹没得不知去向了。道智从怀里取出一条洁白的哈达（哈达是敬献给贵宾的、具有民族特色的礼物，表示敬意和祝贺）献在湖边,但他还是有点犹豫。才华加也有点担心，他在湖边的灌木丛周围来回看了看，确定过湖的那条路的确被溢水所封冻，才咬了咬牙，重新绑紧了郭华，加了一把油，从光亮的湖面上冲了过去。

起初湖面上还有枝条和冻土，可越走越滑。已经摔倒了好几次，于是他索性放倒摩托车，坐在冰面上，用脚一步一步蹬着摩托车前行。到湖中心，每前行一步，冰面时不时传来嘎嘎嘎的声响。

才华加是闭着眼滑到对面的。幸好没有出现意外，油箱里的油倒是漏了不少。才华加身上结了一层硬邦邦的冰，当他再次骑在摩托车上时，完全成了穿着盔甲纵横战场的骑士。

他们将郭华送到医院后，才松了一口气。郭华算是班玛草原上的熟人，因为他经常来班玛草原收皮毛。郭华说过，以前贩卖皮毛，是从别人手里收购，然后再送到加工厂，走二道贩的路子，利润薄。再后来，打听到了皮货的来源大多在班玛草原，于是就直接来草原收购，没想到第一次进草原险些丧了命。

郭华从此将才华加和道智当作生死之交。草原上有好朋友，一切就好办了。况且比比画画，语言上的沟通也不再那么困难。那几年，郭华在才华加和道智的帮助下，收购到了很多皮毛。相比之下，郭华给的价格也十分合理。不用跑很远的路，还能多卖点儿钱，大家自然乐意。就这样，郭华成了班玛草原上唯一被认可的皮毛老板。立冬不久，知道他要来，大家会提前准备好自家的皮毛。几年后，郭华彻底成班玛草原上的人了，在大家的介绍下，他和娘毛吉结了婚，并生了个女儿。之后他又被推选为村里的干部，也不贩卖皮毛了。相比而言，郭华头脑灵活，文化程度高，的确能给村里办些实事。

郭艳艳随了她阿爸，同学之间她最聪明，学习最好，遇到困难，大家都愿意听她的。可是现在扎西东珠要和同学们分开了。

全村人都搬走了，阿爸为何至死不去新建的村子？扎西东珠一想起来，心里就禁不住一阵难过，视线也模糊了起来。

02

整整一个月时间，村子总算搬空了，空了的村子突然荒凉了起来。几日后，残垣断壁被推成平地，上面覆盖了一层羊粪，又覆盖了一层黑土，然后撒上了草籽。村口的嘛呢房没有拆，紧挨嘛呢房不远处就是扎西东珠的家，大部分房子都拆除了，只留了两间小房子。要在这两间小房子里度过漫长的冬天，扎西东珠心里一想就感到无比的寒冷。可是他阿爸执意不搬，而最让他担心的是，马上要开学了。学校随村子的搬迁，也迁移到新建的村子那边去了。

扎西东珠成了村子里最孤独的孩子。郭华到才华加家里来过好几次，他不好意思总是唠叨搬迁的事儿，但才华加的确影响了整村搬迁项目的进度。

这天，郭华又来找才华加。小房子里燠热，扎西东珠搬来两把小凳子，给他阿爸和阿克（藏语，叔叔的意思）郭华倒了奶茶，然后坐在一旁听他们说话。

郭华说："阿哥，迟早是要搬过去的，你到底在等什么呢？"

才华加端起茶碗，喝了一口奶茶，说："答应过的事情，绝对不能反悔，这个你放心，但今年肯定不行。"

郭华说："大家都搬完了。搬到新建的村子里去，不是一天两天就能收拾清楚的，眼看就要立冬了。"

才华加说："明年这个时候一定搬过去，你要相信我。"

郭华又说："那娃娃上学怎么办？"

才华加不说话，过了好久，又说："我想好了，明年秋天再去学校。"

扎西东珠听到这里，再也不想听下去了。他不明白阿爸为什么如此固执，明年秋天和现在有什么区别呢？再说了，现在跟随大家一块儿搬总比自己单独搬轻松吧？他想去黄河边看看，秋天的黄河很清澈，灌木染红了整个河道，各种水鸟都在河面上低飞……可朋友们都不在，一个人去黄河边又有什么意思呢。他转身进了小房子，舀了一勺凉水，倒在碗里，一口气喝完后坐在炕边，又胡乱想着。

郭华和才华加依旧说着搬迁的事情，不知道要延续到什么时候。

“扎西东珠，扎西东珠。”才华加突然喊了起来。

扎西东珠慢慢吞吞走出小房子，站在郭华旁边，问才华加：“阿爸，你叫我吗？”

“倒茶。”才华加说,“都喝出茶梗了,你没看见吗？”

扎西东珠哦了一声，从小房子里拿出电壶，倒满奶茶后，将壶放在凳子旁，向门口走去。

“你回来。”才华加又说，“你要去哪里呢？”

扎西东珠说：“我想去外面转转。”

才华加说：“你过来，你给阿克说说你的想法。”

扎西东珠不假思索，开口便说：“搬迁是大人们的事情，小孩子哪能做主。”

才华加又说:“不是搬迁的事儿，是你上学的事儿。”

扎西东珠张口就说：“其他同学马上要去新学校上学了，您又不搬，我怎么去学校？不能去学校读书，只好放羊了。”

才华加立刻板起脸，大声说：“胡说，不读书怎么能行？”停了一下，接着说，“我的意思是先让你休学，明年再去学校。”

扎西东珠不知道啥叫休学，但他知道阿爸肯定不让他去学校读书了，于是又很委屈地说:“我想去新学校。”

才华加叹了一口气，对郭华说：“今年真不能搬。”说完之后，又对扎西东珠说，“去门外看看吧，以后来这里的次数会越来越少。”

扎西东珠哦了一声，怏怏不乐地出了大门。

太阳慢慢移动着，屋檐的影子也倾斜到他们的脚下了,门口的嘛呢旗发出啪啪的声响。郭华抬头看了看天，自语了一声，“天要变了。”又对才华加说，“冬天马上要来了，你们住在这里让人不放心呀。”

才华加说：“也没有啥不放心的。”又说，“我打算过几日搬到月亮湖去，那儿有冬牧场，明年秋天就搬到新村子去。”

郭华说：“牛羊卖掉一些吧，大家都卖掉了不少。”又说，“留下来的牛羊入股到合作社，现在牧场越来越小了，合作社效益很好，也没有那么辛苦。”

才华加说：“牛羊是要卖掉一部分，也少操点心。没让拉姆好好读书，娃娃都有抱怨呢。”又说，“今年是羊年，要顺从阿妈的心愿。”

郭华说：“和搬迁有关系吗？”又说，“娃娃读书的事情坚决不能马虎，扎西东珠很聪明，一定要让他好好读书。”

才华加说：“我就是那么想的，他上学早，和索南昂毛他们比起来，学习还是跟不上，多读一年也有好处。”又说，“扎西东珠的事情你还要操个心，给学校里好好说一下，我想让他和阿妈住在月亮湖，一来可以照顾阿妈，同时还可以安心把学过的再复习一遍。”

郭华听才华加这么说，也觉得有些道理，可他不明白，才华加为啥要执意留在月亮湖呢？他又问才华加：“新村子条件好，老人住着也舒心呀。扎西东珠休学是可以的，住在新村子里，更方便呀，同学们可以帮他。”

才华加喝了一口奶茶，对郭华说：“我说了，今年是羊年，要顺从阿妈的心愿，明年这个时候就可以了。”

郭华还是不理解，他看了看才华加，不住地摇头。才华加又说：“阿妈许了心愿，要在羊年转一年湖，她年纪大了，去不了太远的地方，只好转月亮湖了。”

郭华这才明白才华加坚持不搬的原因。他沉思了一会儿，然后点了点头，说：“转湖是老人的心愿，也只好如此了。扎西东珠休学的事情我去说，但千万不能耽误了学习。”说完后，他喝完碗里剩余的奶茶，离开了才华加仅剩两间小房的院子，骑着摩托车走了。

才华加看了看天，天真要变了，没到太阳落山的时间，就已经感到寒气袭人，门口的嘛呢旗扑啦啦的声响也大了起来。

扎西东珠一直在门前的草地上，他见才华加走出门口，便起身迎上去，说：“阿爸，你和阿克商量得怎么样了？搬还是不搬？”

才华加没有直接回答扎西东珠的问话，他将扎西东珠拉到跟前，比画了一下，说：“再长几年，就和阿爸一样高了。”

扎西东珠也很认真地比画了一下，他的头刚好到才华加的腰间。扎西东珠笑着说：“还需要好几年吧？”

才华加也笑着说:“说不定明年就到阿爸的胸口了。”

扎西东珠摇了摇头，说：“明年和阿姐一样高就好了。”

才华加叹了一声，说：“拉姆很懂事，可惜没有继续读书，都怪阿爸，拉姆可聪明了。”

扎西东珠说：“是她自己不去学校，不怪阿爸。”

才华加没有说话。他从院子里把摩托车推出来，对扎西东珠说：“你阿妈身体一直不好，你奶奶年纪大了，而你又小，拉姆才没去学校。”

扎西东珠哦了一声，说：“搬到新村子就好了，奶奶就不用去很远的地方转嘛呢，他们说新建的村子修了嘛呢房，而且在村子中央呢。”

才华加笑了笑，说：“明年这时候我们就搬过去。”

扎西东珠不解地问：“为啥呀？大家都搬过去了，那我怎么办？”

“你休学一年。”才华加说，“重新学习一年学过的东西，明年一定能当个学习委员。”

扎西东珠似乎不大相信才华加的话，他还想要问，却被才华加挡了回去。才华加加重了语气，慢慢地说：“你奶奶要转一年的月亮湖，搬过去，谁照顾奶奶？你去学校，一个人怎么办？所以我想让你留下来，和奶奶一起住在月亮湖边的冬牧场里。”

扎西东珠见阿爸如此郑重其事地说，便点了点头，不再询问。才华加接着又说：“要不让拉姆也住在月亮湖吧，你奶奶年纪大了。”

“阿姐住在月亮湖更好。”扎西东珠说，“让奶奶转湖，阿姐可以做饭，还可以给我讲故事、教数学。”

才华加笑着对扎西东珠说：“走吧，我们去月亮湖看看。”

摩托车出了村子，拐入草原，在通往月亮湖的牧道上飞速前行。扎西东珠紧紧抱住阿爸，他在想，一年的时间那么漫长，该怎么度过呀。

03

班玛草原上的牧场很分散，能看见彼此的黑帐篷，走过去则需要好长时间。每年秋季，大家都会将冬牧场搬到月亮湖附近。今年情况不一样，已经到深秋了，还没有搬过来。会不会冬牧场也搬到新建的村子附近去了？不可能，因为牧场界线早已划定了，怎么会随意改变？扎西东珠想，连冬牧场也搬过来就好了，等到来年夏天，至少有半年时间还能和朋友们在一起。

月亮湖边的那个小房子已经很多年了，尽管每年都要修葺一下，但依然破旧。按照才华加的说法，没必要修得那么漂亮，因为在这里只住一个冬天，夏天来临前，又要回到村里去。

奶奶一早就出了小房子，右手摇着嘛呢，左手转着念珠，弓着腰身，沿着月亮湖蹒跚而行。月亮湖是大家心目中的圣湖，前来朝拜和投宝瓶的人很多，湖四周长满了灌木，灌木上挂满了经幡和哈达。尤其是秋天，月亮湖非常漂亮，干净得如一面明镜，白云倒映在湖面上，有着各种神奇的变幻。

奶奶绕湖一圈，需要整整一个上午时间。奶奶从来没有间断过，哪怕打雷下雨。等奶奶转湖回来，拉姆已经做好了饭。饭很简单，或下面片，或吃馍馍，但糌粑每顿都少不了。拉姆只会做这两样饭，和阿妈不能比，阿妈会的可多了。往年的月亮湖在这个时间已经很热闹了，虽然各家牧场不在一起，但孩子们总有那么几天是在一起的。当然来牧场的次数不是太多，放了假，都会集中在村子里，他们的快乐时光几乎消耗在黄河湿地边的灌木林附近。

灌木林突然拉了铁丝网，是去年春天的事情。扎西东珠很不理解，充满怨恨的同时，也曾有过剪开一截爬进去的想法。当他把剪开铁丝网的想法告诉索南昂毛等人时，郭艳艳立刻反对。

郭艳艳像大人一样，言辞中满带教训的口吻，她说："你们知道为什么要拉铁丝围栏？"

索南昂毛摇了摇头，说："不知道。"

代吉草说："怕我们被河水冲走吧？"

华丹嘉木措说："你们都错了，肯定是为了堵住牛羊。"

扎西东珠说："都不对，拉铁丝网，就是不让我们进去。"

郭艳艳伸出食指，点名般一一指着大家，意味深长地说："你——们——都——错——啦。"又笑了笑，说，"华丹嘉木措算是猜对了一半。"

大家跟着笑了起来，听她的解释。郭艳艳收起指头，

咳了一下，又给大家提了个问题，她说：“你们可知道我们的村子坐落在啥地方吗？”

“这个不算难，大家都知道。”代吉草说，“不就在班玛草原上吗？”

索南昂毛转了一下眼珠，没有回答。华丹嘉木措似乎认识到这个问题没有想象中那么简单，他想了一下，说：“不会是因为住在黄河边吧？”

扎西东珠也感觉到这个问题不简单，他反问郭艳艳：“你说我们的村子坐落在哪儿呢？”

郭艳艳还想卖关子，她欲言又止，摆出一副高傲的姿态来。索南昂毛对郭艳艳说：“赶紧说吧，再不说我明天就偷钳子出来。”又对华丹嘉木措说，“你手劲大，你来剪铁丝网。”

郭艳艳立马急了，她说：“千万不能剪铁丝网，正是因为我们的村子在黄河源湿地保护区附近，所以才需要搬迁的。”又说，“华丹嘉木措说对了一半，拉铁丝网就是不让牛羊随意去灌木林了，灌木林要保护，黄河湿地更需要保护，最关键的是灌木林里来了许多我们以前没有见过的水鸟。”

扎西东珠说：“来了啥鸟？”

郭艳艳说：“来了大雁、黑颈鹤、大天鹅。”

扎西东珠说：“这的确是我们以前没有见过的。”又问，“你是怎么知道的？你见过吗？长啥样子呢？”

郭艳艳摇了摇头，说：“我爸爸说的，我也没有见过。”又说，“都要搬走了，不知啥时候能见到。”郭艳艳神情沮丧，瞬间失去了方才的神气，低下头，再也不说话了。

大雁在课本上见过，黑颈鹤好像没见过，是不是和野驴一样大呢？扎西东珠沉入了想象之中。

拉姆突然来到小房子，打断了正在想象的扎西东珠。眼前的灌木林不见了，身后的村子也不见了。他难过地对阿姐说：“再也看不到大雁和黑颈鹤了，连赤麻鸭都看不见了。”

拉姆不知道他在说什么，她管不了那么多，大声对扎西东珠说：“你愣着干吗？还不帮忙。”拉姆和奶奶一起出去的，她已经背回来三桶奶子了。扎西东珠使劲托住奶桶，让拉姆慢慢蹲下身，等奶桶落在地上，才松开托住奶桶的手。

拉姆说：“过两天阿妈会过来，该到打酥油的时候了。”又说，“牧场上的牛羊要集合在一起，在月亮湖过冬。”

扎西东珠不说话，他看着拉姆将奶子倒进更大的桶里，又提着水桶出了小房子。她出去后又返身回来，对扎西东珠说：“赶紧生火，奶奶快要来了。”扎西东珠还愣在原地，拉姆又说，“吃完了我们去折些樱格花（是毛茛科翠雀属的多年生草本植物，因其蓝色的花似展翅飞翔的小鸟，故而得名翠雀），该洗头了。”扎西东珠哦了一声，他并没有生火，而是跟随拉姆出了门。

拉姆已经十六岁了，看起来有点瘦弱，她读完小学后，就再也没有去过学校。扎西东珠突然想起拉姆带他折花的事情来。他的记忆之中，阿姐对他的好远远超出了阿妈。每年夏天，只要花一开，阿姐总要拉他去阳光最热烈的草坡折花。花的名字叫樱格花，茎秆纤细而修长，花是对开的，不多也不少，看上去均匀惹眼，和天空一样蓝。看着那些幽蓝的花朵，他就不想回家了。阿姐说过，他们折的花，只有在阳光充足的坡地才有，它把全部阳光吸收到自己身体里，才能开出像蓝天一样的花朵。樱格花开放最热烈的季节在初夏，那段时间恰好是牧场上最忙的时候，大多时间阿姐要看管牛羊，要帮忙挤奶，晒处里玛（处里玛就是曲拉，是打酥油时剩下的奶子，俗称奶疙瘩），还要梳牛绒。阿姐抽空让他认识樱格花后，又返身去忙她的活了。他帮阿姐折来樱格花，一大把一大把的樱格花放在小房子前的草地上，阿姐会露出灿烂的笑容。

樱格花折回来后要阴干，那样才能发挥它最大的功效。这也是阿姐说的。因此，阿姐将他折来的樱格花剪齐、扎牢，然后挂在阴凉处，慢慢等候冬天的到来。

冬天一来，牧场上相对会闲一点儿。这时候，拉姆就开始忙那些阴干的花。干透了的樱格花失去了往昔的耀眼色彩，展翅飞翔的小鸟也不见了其形，和其他杂草一样，看上去乌黑乌黑的，很直的茎秆也变得歪歪扭扭，轻轻一捏就碎成了七八截。拉姆要把干透的樱格花放到锅里，倒上水，一边吩咐扎西东珠加火，一边翻搅。大把大把的樱格花在瞬间就成了一锅乌黑的药水，清香味似乎比以前更浓烈、更纯粹了。煮好后，拉姆把一锅药水倒在木盆里，再单独舀出一大碗，放在凳子上，然后把提前拾掇好的旧布块全放进木盆里，加少许盐，使劲搓洗起来。那些破旧的布块不一会儿就变成了乌黑崭新的布料。染好布后，拉姆才用舀出的那一碗樱格花药水给扎西东珠洗头发。樱格花洗的头发蓬松光亮，还不生虱子。

奶奶转湖回来之后也不会闲着，坐在小房子前，摇一阵嘛呢，然后就开始捻牛绒。奶奶一手捏紧牛绒，一手捻转线棒槌，待线棒槌转动后，两手一齐扯长牛绒，牛绒在线杆的转动下，很快就变成了牛纱线。到一定长度后，再把纱绕在线砣上，最后将两股纱合捻成线，直至团成一团毛线球。

拉姆见扎西东珠跟着她，索性不去背水了。他们绕过月亮湖，走了很长一段路。已经错过了季节，开放的樱格花已经很少了。在一处向阳的坡地，费了很长时间，才折了一小把。拉姆对扎西东珠说："洗发膏不缺，但洗了头皮总是痒。"

扎西东珠说："那还是用你自己做的洗发膏吧。"

拉姆笑着说："给你也试试？这次要加些胡麻，煮出来的洗发膏会更加顺滑。"

第二天中午，拉姆就忙了起来，她从屋顶取出用纸

包着的干透了的樱格花，又取了些胡麻，将它们倒进锅里，半小时后就煮好了。和以前不一样，这次煮的樱格花水不但稠，而且香味更浓。拉姆让扎西东珠坐在矮凳上，先用木梳将他头发梳顺。拉姆说："洗头是一件很重要的事情，用自己做的洗发膏，不仅洗得干净，还能使头发变得更加乌黑发亮。"

樱格花加胡麻煮出来的洗发膏质地虽然粗糙，但在揉搓过程中，却意外地带来了柔滑的触感。每一根发丝都得到了充分的滋润，在阳光下大口呼吸着新鲜的空气。

拉姆得意地笑着，她用独特的手法将扎西东珠的头发轻轻梳理，使洗发膏均匀地渗透到每一根发丝里去。扎西东珠感到前所未有的轻松和愉悦，仿佛整个身心都被浸泡在洗发水里一样。

04

立冬前几日，才华加骑着摩托车到月亮湖来看他们。才华加带了新鲜的蔬菜，还有一小袋苹果、一桶清油和几斤牛肉。

才华加对拉姆说："冬天快要来了，要守住冬牧场，看好牛羊，照顾好奶奶。"

拉姆不住地点头答应。才华加知道，拉姆已经长大了，但他还是忍不住叮嘱了一番。第二天中午，没等奶奶转湖回来，一辆拖拉机却来了。拖拉机上装了一车空心砖，由才华加指挥着，停在小房子不远处。空心砖不重，扎西东珠能搬起一块，但才华加不让他靠近。空心砖是才华加朋友帮忙送过来的，前一天晚上，才华加还告诉扎西东珠，说临时再搭个小房子，没想到这么快就将砖拉了过来。

才华加和他的朋友卸完砖，又从车厢里取出一层木板，不到天黑，一间低矮的空心砖房子就搭起来了。空心砖搭成的房子很小，但才华加却满脸笑容，而且还在小房子门口扎上了嘛呢旗。相对而言，比原来的小房子显得气派多了，里面有连锅炕，有橱柜，还有一个专门烧牛粪的铁皮炉子。小房子不远处是用松木板扎起的一排排栅栏，栅栏里圈着牛羊。这方极为简陋的领地就是他们的冬窝子。扎西东珠还知道，他们在这里不会长期居住，只是将就一个冬天。

才华加和他的朋友搭好空心砖房子后，又在里面安了个牛粪火炉，还搭了简单的床铺，之后又将牛粪炉子点着。炉子里的牛粪烧得旺盛，火光映在他们脸上，如同夕阳下的红霞。

才华加的朋友突然说：“你别看这小房子简陋，但我敢说，你在这儿的冬天一定过得温暖又快乐。”说完这话，他忍不住哈哈大笑起来。

望着他的朋友，才华加也微微一笑，他深邃的目光里闪烁着自信与希望。才华加说：“这里可真是个好地方。”

才华加的朋友说：“你说得对，这个冬天，你在这儿一定会过得很好。”说完，他将目光移向苍茫而荒凉的草地。

才华加和他的朋友赶天黑离开了月亮湖。扎西东珠央求阿爸带上他，但才华加没答应。才华加对扎西东珠说：“过几天吧，你们住在这儿我和你阿妈不放心。”

扎西东珠说：“阿爸，您和阿妈也要搬过来吗？”

才华加说：“先搬过来，等开春了再搬到村子里，牛羊要好好喂养，明年夏天要出栏。”

扎西东珠又说：“为啥要卖牛羊呢？”

才华加说：“你阿妈身体不好，奶奶也老了，搬到新建的村子后，我们就开个小卖铺。”

扎西东珠听阿爸这么说，立刻抱住他的腿，说：“阿爸，让阿姐也别放牛羊了，奶奶和阿妈都需要照顾。”

才华加笑着说：“我就是那么想的，所以一个冬天要好好喂养牛羊，明年夏天才能卖到更好的价钱。”又说，“我和你阿妈搬过来，一家人在一起，就不用担心了，你也有更多的时间好好学习。”

扎西东珠点了点头，说：“阿克郭华来找过您吗？”

才华加说：“来过了，你休学的事情已经说好了，他还给你带来了许多书。”

扎西东珠开心地笑着，虽然不能按时去上学，但他发誓，在牧场上一样能将学习赶上去。

两天后，才华加又来月亮湖了。几头牦牛拴在栅栏边上，背上已经驮满了家当，两个戴着旧毡帽的男人忙着卸驮在牛背上的东西。扎西东珠远远向他们打招呼，突然一只大黑狗飞奔过来，他慌忙躲在才华加身后，大黑狗在距离扎西东珠不远的地方狂叫着。戴着旧毡帽的两个男人同时转过身，大声呵斥着大黑狗。这时扎西东珠才认出来了，原来帮他阿爸搬牧场的是村里的阿克贡保当智和桑麦。冬季牧场都在月亮湖附近，草原辽阔无边，但不允许单枪匹马漫游。多少年来，大家踏遍雪山和草地，随牛羊东西漂泊，亲如一家。随着禁牧范围的不断扩大，牛羊渐渐少了，草原更加辽阔了，但显得孤独而寂寞起来。尽管如此，放牧的时候还是不愿过于分散。

贡保当智和桑麦卸完东西，在小房子里歇息。小房子里多了两个人，就显得拥挤了起来。拉姆给他们舀了酸奶，贡保当智一边喝酸奶，一边对扎西东珠说："你阿爸真固执。"

扎西东珠说："奶奶许了心愿，要转一年月亮湖。"

图书在版编目（C I P）数据

天边的月亮湖 / 王小忠著 . -- 西宁 : 青海人民出版社 , 2024. 8. -- ISBN 978-7-225-06701-8

Ⅰ . I247.5

中国国家版本馆 CIP 数据核字第 20244T2R40 号

天边的月亮湖

王小忠　著

出 版 人　樊原成
出版发行　青海人民出版社有限责任公司
　　　　　西宁市五四西路 71 号　邮政编码：810023
　　　　　电话：（0971）6143426（总编室）
　　　　　发行热线 :（0971）6143516 / 6137730
网　　址　http://www.qhrmcbs.com

印　　刷　成都市东辰印艺科技有限公司
经　　销　新华书店

开　　本　890 mm × 1240 mm 1/32
印　　张　5.5
字　　数　80 千
版　　次　2024 年 8 月第 1 版　2024 年 8 月第 1 次印刷
书　　号　ISBN 978-7-225-06701-8
定　　价　32.00 元

天边的月亮湖

TIAN BIAN DE YUE LIANG HU

王小忠 著

青海人民出版社
·西宁·

01

雪快要来了。扎西东珠站在村子对面的山坡上，望着最后一批离开村子的人群，突然间眼眶变得热乎乎的。此时的班玛草原也失去了往昔的绚丽，紫穗草硬撑着沉重的身子，彰显出秋日里的强劲来；金露梅和银露梅褪去夏日的繁盛，顶着棕褐色的小果；羊羔花谢去洁白的珠花，狼牙棒似的身子上挂满了小老鼠眼睛一样的果实；各种毛茛花咬紧牙关，寒霜来临之前，它们得坚守草原，站好最后一班岗……蚂蚱的叫声更让人心烦意乱。都要搬走了，留下来的只有他家一户。他不知道要等到什么时候，才能搬到二十多公里之外的新村子里去。

搬迁的事情上，才华加摇摆不定。年前还说得好好的，要和大家一起搬过去。可正当搬迁时，他却反悔了。才华加出其不意地反悔让扎西东珠无法理解——阿爸为什么要反悔？是舍不得离开，还是隐藏着不为人知的秘密？

村子虽然不大，搬迁起来却十分麻烦。从夏天开始，男人们就开始收拾。二十多公里之外的新村子建好快一年了，却迟迟没有搬过去，一直等到通过村子的那条公路彻底被封死。公路改线到二十公里之外新建的村子旁边，新建的村子作为示范性定居点，漂亮得和小城镇一样。柏油大路弯弯曲曲，绕过山梁，一直通向远处的县城。

新建的村子距离黄河湿地很远，但村子四周依然是平坦的草原。可扎西东珠还是舍不得以前的村子，更舍不得那片稠密的灌木林。学校在村子对面，要经过黄河吊桥。站在吊桥上看不见黄河全貌，黄河隐身于大片灌木丛林中。每年三四月，大雪覆盖灌木时，才会看见细得要命的黄河的腰身，它像矫健的游蛇，在阳光的照射下，闪动着明亮的银光。这时候扎西东珠和他的朋友们才敢走到河边，沿着赤麻鸭的脚印，寻找它们的窝，也会顺着大天鹅的叫声，看着它们潇洒自如地在河水里游动。

扎西东珠有很多同学，但一道同行的只有四个。索南昂毛、代吉草和郭艳艳都是女生，华丹嘉木措和他是男生，大家虽然不在同一个年级，但都是最好的朋友。

郭艳艳的阿爸不是班玛草原上土生土长的牧民。阿爸曾经告诉过扎西东珠，说他还没有出生时，郭艳艳的阿爸就来班玛草原了。

别看才华加是牧民，讲起故事来却非常动听——隆冬的班玛草原寒冷极了，一条羊道弯弯曲曲，除此之外便是一望无际的苍茫草原。那年班玛草原上下了一场很大的雪，等了好几日，见牧场周围露出花白的草地时，才华加和道智才骑着摩托车动身了。才华加和道智搭伴进城,要卖酥油和牛绒……扎西东珠一边听阿爸讲故事，一边想象着当时的情景。

才华加和道智冒着严寒驶出牧场时，发现路上的积雪并没有完全融化，摩托车滑倒了好几回。他们即将驶入公路时，发现一辆摩托车倒在雪地上，旁边的人缩成一团，一动不动，寒风将他裹在头上的围巾吹成一条乌黑的飘带。才华加和道智慌忙跑过去，发现是郭华，便毫不犹豫地送他去了医院。

到县城最近的路要绕过月亮湖，过了月亮湖，再前行三十里就到县城了。月亮湖的冬天寂静无声，完全没有夏日的热闹。夏日的月亮湖边人可多了，湖边的灌木枝条上挂满了经幡，整个月亮湖四周的草原都显得神圣而庄重。远道而来的人们争先恐后，将寓意吉祥的宝瓶（吉祥八宝之一）扑通扑通地扔进湖中，希望能够带来好运和幸福……

郭华气若游丝，要赶紧送到医院，否则就会出现大麻烦。才华加将郭华绑在自己身后，让道智骑着郭华的摩托车，直奔月亮湖。终于到了月亮湖边，可是怎样才能过得去呢？看着挂在湖边灌木上的经幡，听着呼啸而过的寒风，望着封冻在地面上的隆达（隆达也叫风马，是一种印有神灵骑马的彩色小纸片。抛撒隆达是藏族习俗，人们无论在喜庆佳节里，还是出行到高山湖泊时，总要一边高声祈祷，一边向高空抛撒隆达，祈求神灵保佑），他们六神无主。昔日蓝汪汪的月亮湖已经冻成了一面光亮的镜子。那面镜子里，他们看到了彼此的虔诚和恭敬，也看到了郭华皖白的脸庞，最后决定穿湖而过。

原本过湖还有一条路，而此时已被暴涨的湖水淹没得不知去向了。道智从怀里取出一条洁白的哈达（哈达是敬献给贵宾的、具有民族特色的礼物，表示敬意和祝贺）献在湖边,但他还是有点犹豫。才华加也有点担心，他在湖边的灌木丛周围来回看了看，确定过湖的那条路的确被溢水所封冻，才咬了咬牙，重新绑紧了郭华，加了一把油，从光亮的湖面上冲了过去。

起初湖面上还有枝条和冻土，可越走越滑。已经摔倒了好几次，于是他索性放倒摩托车，坐在冰面上，用脚一步一步蹬着摩托车前行。到湖中心，每前行一步，冰面时不时传来嘎嘎嘎的声响。

才华加是闭着眼滑到对面的。幸好没有出现意外，油箱里的油倒是漏了不少。才华加身上结了一层硬邦邦的冰，当他再次骑在摩托车上时，完全成了穿着盔甲纵横战场的骑士。

他们将郭华送到医院后，才松了一口气。郭华算是班玛草原上的熟人，因为他经常来班玛草原收皮毛。郭华说过，以前贩卖皮毛，是从别人手里收购，然后再送到加工厂，走二道贩的路子，利润薄。再后来，打听到了皮货的来源大多在班玛草原，于是就直接来草原收购，没想到第一次进草原险些丧了命。

郭华从此将才华加和道智当作生死之交。草原上有好朋友，一切就好办了。况且比比画画，语言上的沟通也不再那么困难。那几年，郭华在才华加和道智的帮助下，收购到了很多皮毛。相比之下，郭华给的价格也十分合理。不用跑很远的路，还能多卖点儿钱，大家自然乐意。就这样，郭华成了班玛草原上唯一被认可的皮毛老板。立冬不久，知道他要来，大家会提前准备好自家的皮毛。几年后，郭华彻底成班玛草原上的人了，在大家的介绍下，他和娘毛吉结了婚，并生了个女儿。之后他又被推选为村里的干部,也不贩卖皮毛了。相比而言，郭华头脑灵活，文化程度高，的确能给村里办些实事。

郭艳艳随了她阿爸，同学之间她最聪明，学习最好，遇到困难，大家都愿意听她的。可是现在扎西东珠要和同学们分开了。

全村人都搬走了，阿爸为何至死不去新建的村子？扎西东珠一想起来，心里就禁不住一阵难过，视线也模糊了起来。

02

整整一个月时间，村子总算搬空了，空了的村子突然荒凉了起来。几日后，残垣断壁被推成平地，上面覆盖了一层羊粪，又覆盖了一层黑土，然后撒上了草籽。村口的嘛呢房没有拆，紧挨嘛呢房不远处就是扎西东珠的家，大部分房子都拆除了，只留了两间小房子。要在这两间小房子里度过漫长的冬天，扎西东珠心里一想就感到无比的寒冷。可是他阿爸执意不搬，而最让他担心的是，马上要开学了。学校随村子的搬迁，也迁移到新建的村子那边去了。

扎西东珠成了村子里最孤独的孩子。郭华到才华加家里来过好几次，他不好意思总是唠叨搬迁的事儿，但才华加的确影响了整村搬迁项目的进度。

这天，郭华又来找才华加。小房子里燠热，扎西东珠搬来两把小凳子，给他阿爸和阿克（藏语，叔叔的意思）郭华倒了奶茶，然后坐在一旁听他们说话。

郭华说：“阿哥，迟早是要搬过去的，你到底在等什么呢？”

才华加端起茶碗，喝了一口奶茶，说：“答应过的事情，绝对不能反悔，这个你放心，但今年肯定不行。”

郭华说：“大家都搬完了。搬到新建的村子里去，不是一天两天就能收拾清楚的，眼看就要立冬了。”

才华加说：“明年这个时候一定搬过去，你要相信我。”

郭华又说：“那娃娃上学怎么办？”

才华加不说话，过了好久，又说：“我想好了，明年秋天再去学校。”

扎西东珠听到这里，再也不想听下去了。他不明白阿爸为什么如此固执，明年秋天和现在有什么区别呢？再说了，现在跟随大家一块儿搬总比自己单独搬轻松吧？他想去黄河边看看，秋天的黄河很清澈，灌木染红了整个河道，各种水鸟都在河面上低飞……可朋友们都不在，一个人去黄河边又有什么意思呢。他转身进了小房子，舀了一勺凉水，倒在碗里，一口气喝完后坐在炕边，又胡乱想着。

郭华和才华加依旧说着搬迁的事情，不知道要延续到什么时候。

“扎西东珠，扎西东珠。”才华加突然喊了起来。

扎西东珠慢慢吞吞走出小房子，站在郭华旁边，问才华加：“阿爸，你叫我吗？”

“倒茶。”才华加说，“都喝出茶梗了，你没看见吗？”

扎西东珠哦了一声，从小房子里拿出电壶，倒满奶茶后，将壶放在凳子旁，向门口走去。

“你回来。”才华加又说，“你要去哪里呢？”

扎西东珠说：“我想去外面转转。”

才华加说：“你过来，你给阿克说说你的想法。”

扎西东珠不假思索，开口便说：“搬迁是大人们的事情，小孩子哪能做主。”

才华加又说：“不是搬迁的事儿，是你上学的事儿。”

扎西东珠张口就说：“其他同学马上要去新学校上学了，您又不搬，我怎么去学校？不能去学校读书，只好放羊了。”

才华加立刻板起脸，大声说：“胡说，不读书怎么能行？”停了一下，接着说，“我的意思是先让你休学，明年再去学校。”

扎西东珠不知道啥叫休学，但他知道阿爸肯定不让他去学校读书了，于是又很委屈地说:“我想去新学校。”

才华加叹了一口气，对郭华说：“今年真不能搬。”说完之后，又对扎西东珠说，“去门外看看吧，以后来这里的次数会越来越少。”

扎西东珠哦了一声，怏怏不乐地出了大门。

太阳慢慢移动着，屋檐的影子也倾斜到他们的脚下了,门口的嘛呢旗发出啪啪的声响。郭华抬头看了看天，自语了一声，“天要变了。”又对才华加说，“冬天马上要来了，你们住在这里让人不放心呀。”

才华加说：“也没有啥不放心的。”又说，“我打算过几日搬到月亮湖去，那儿有冬牧场，明年秋天就搬到新村子去。”

郭华说：“牛羊卖掉一些吧，大家都卖掉了不少。”又说，“留下来的牛羊入股到合作社，现在牧场越来越小了，合作社效益很好，也没有那么辛苦。”

才华加说：“牛羊是要卖掉一部分，也少操点心。没让拉姆好好读书，娃娃都有抱怨呢。”又说，“今年是羊年，要顺从阿妈的心愿。”

郭华说：“和搬迁有关系吗？”又说，“娃娃读书的事情坚决不能马虎，扎西东珠很聪明，一定要让他好好读书。”

才华加说：“我就是那么想的，他上学早，和索南昂毛他们比起来，学习还是跟不上，多读一年也有好处。”又说，“扎西东珠的事情你还要操个心，给学校里好好说一下，我想让他和阿妈住在月亮湖，一来可以照顾阿妈，同时还可以安心把学过的再复习一遍。”

郭华听才华加这么说，也觉得有些道理，可他不明白，才华加为啥要执意留在月亮湖呢？他又问才华加：“新村子条件好，老人住着也舒心呀。扎西东珠休学是可以的，住在新村子里，更方便呀，同学们可以帮他。”

才华加喝了一口奶茶，对郭华说：“我说了，今年是羊年，要顺从阿妈的心愿，明年这个时候就可以了。”

郭华还是不理解，他看了看才华加，不住地摇头。才华加又说：“阿妈许了心愿，要在羊年转一年湖，她年纪大了，去不了太远的地方，只好转月亮湖了。”

郭华这才明白才华加坚持不搬的原因。他沉思了一会儿，然后点了点头，说："转湖是老人的心愿，也只好如此了。扎西东珠休学的事情我去说，但千万不能耽误了学习。"说完后，他喝完碗里剩余的奶茶，离开了才华加仅剩两间小房的院子，骑着摩托车走了。

才华加看了看天，天真要变了，没到太阳落山的时间，就已经感到寒气袭人，门口的嘛呢旗扑啦啦的声响也大了起来。

扎西东珠一直在门前的草地上，他见才华加走出门口，便起身迎上去，说："阿爸，你和阿克商量得怎么样了？搬还是不搬？"

才华加没有直接回答扎西东珠的问话，他将扎西东珠拉到跟前，比画了一下，说："再长几年，就和阿爸一样高了。"

扎西东珠也很认真地比画了一下，他的头刚好到才华加的腰间。扎西东珠笑着说："还需要好几年吧？"

才华加也笑着说："说不定明年就到阿爸的胸口了。"

扎西东珠摇了摇头，说："明年和阿姐一样高就好了。"

才华加叹了一声，说："拉姆很懂事，可惜没有继续读书，都怪阿爸，拉姆可聪明了。”

扎西东珠说：“是她自己不去学校，不怪阿爸。”

才华加没有说话。他从院子里把摩托车推出来，对扎西东珠说：“你阿妈身体一直不好，你奶奶年纪大了，而你又小，拉姆才没去学校。”

扎西东珠哦了一声，说：“搬到新村子就好了，奶奶就不用去很远的地方转嘛呢，他们说新建的村子修了嘛呢房，而且在村子中央呢。”

才华加笑了笑，说：“明年这时候我们就搬过去。”

扎西东珠不解地问：“为啥呀？大家都搬过去了，那我怎么办？”

“你休学一年。”才华加说，“重新学习一年学过的东西，明年一定能当个学习委员。”

扎西东珠似乎不大相信才华加的话，他还想要问，却被才华加挡了回去。才华加加重了语气，慢慢地说：“你奶奶要转一年的月亮湖，搬过去，谁照顾奶奶？你去学校，一个人怎么办？所以我想让你留下来，和奶奶一起住在月亮湖边的冬牧场里。”

扎西东珠见阿爸如此郑重其事地说，便点了点头，不再询问。才华加接着又说：“要不让拉姆也住在月亮湖吧，你奶奶年纪大了。”

“阿姐住在月亮湖更好。”扎西东珠说，“让奶奶转湖，阿姐可以做饭，还可以给我讲故事、教数学。”

才华加笑着对扎西东珠说：“走吧，我们去月亮湖看看。”

摩托车出了村子，拐入草原，在通往月亮湖的牧道上飞速前行。扎西东珠紧紧抱住阿爸，他在想，一年的时间那么漫长，该怎么度过呀。

03

班玛草原上的牧场很分散，能看见彼此的黑帐篷，走过去则需要好长时间。每年秋季，大家都会将冬牧场搬到月亮湖附近。今年情况不一样，已经到深秋了，还没有搬过来。会不会冬牧场也搬到新建的村子附近去了？不可能，因为牧场界线早已划定了，怎么会随意改变？扎西东珠想，连冬牧场也搬过来就好了，等到来年夏天，至少有半年时间还能和朋友们在一起。

月亮湖边的那个小房子已经很多年了，尽管每年都要修葺一下，但依然破旧。按照才华加的说法，没必要修得那么漂亮，因为在这里只住一个冬天，夏天来临前，又要回到村里去。

奶奶一早就出了小房子，右手摇着嘛呢，左手转着念珠，弓着腰身，沿着月亮湖蹒跚而行。月亮湖是大家心目中的圣湖，前来朝拜和投宝瓶的人很多，湖四周长满了灌木，灌木上挂满了经幡和哈达。尤其是秋天，月亮湖非常漂亮，干净得如一面明镜，白云倒映在湖面上，有着各种神奇的变幻。

奶奶绕湖一圈，需要整整一个上午时间。奶奶从来没有间断过，哪怕打雷下雨。等奶奶转湖回来，拉姆已经做好了饭。饭很简单，或下面片，或吃馍馍，但糌粑每顿都少不了。拉姆只会做这两样饭，和阿妈不能比，阿妈会的可多了。往年的月亮湖在这个时间已经很热闹了，虽然各家牧场不在一起，但孩子们总有那么几天是在一起的。当然来牧场的次数不是太多，放了假，都会集中在村子里，他们的快乐时光几乎消耗在黄河湿地边的灌木林附近。

灌木林突然拉了铁丝网，是去年春天的事情。扎西东珠很不理解，充满怨恨的同时，也曾有过剪开一截爬进去的想法。当他把剪开铁丝网的想法告诉索南昂毛等人时，郭艳艳立刻反对。

郭艳艳像大人一样，言辞中满带教训的口吻，她说：“你们知道为什么要拉铁丝围栏？”

索南昂毛摇了摇头，说：“不知道。”

代吉草说：“怕我们被河水冲走吧？”

华丹嘉木措说：“你们都错了，肯定是为了堵住牛羊。”

扎西东珠说：“都不对，拉铁丝网，就是不让我们进去。”

郭艳艳伸出食指，点名般一一指着大家，意味深长地说：“你——们——都——错——啦。”又笑了笑，说，“华丹嘉木措算是猜对了一半。”

大家跟着笑了起来，听她的解释。郭艳艳收起指头，

咳了一下，又给大家提了个问题，她说："你们可知道我们的村子坐落在啥地方吗？"

"这个不算难，大家都知道。"代吉草说，"不就在班玛草原上吗？"

索南昂毛转了一下眼珠，没有回答。华丹嘉木措似乎认识到这个问题没有想象中那么简单，他想了一下，说："不会是因为住在黄河边吧？"

扎西东珠也感觉到这个问题不简单，他反问郭艳艳："你说我们的村子坐落在哪儿呢？"

郭艳艳还想卖关子，她欲言又止，摆出一副高傲的姿态来。索南昂毛对郭艳艳说："赶紧说吧，再不说我明天就偷钳子出来。"又对华丹嘉木措说，"你手劲大，你来剪铁丝网。"

郭艳艳立马急了，她说："千万不能剪铁丝网，正是因为我们的村子在黄河源湿地保护区附近，所以才需要搬迁的。"又说，"华丹嘉木措说对了一半，拉铁丝网就是不让牛羊随意去灌木林了，灌木林要保护，黄河湿地更需要保护，最关键的是灌木林里来了许多我们以前没有见过的水鸟。"

扎西东珠说：“来了啥鸟？”

郭艳艳说：“来了大雁、黑颈鹤、大天鹅。”

扎西东珠说：“这的确是我们以前没有见过的。”又问，“你是怎么知道的？你见过吗？长啥样子呢？”

郭艳艳摇了摇头，说：“我爸爸说的，我也没有见过。”又说，“都要搬走了，不知啥时候能见到。”郭艳艳神情沮丧，瞬间失去了方才的神气，低下头，再也不说话了。

大雁在课本上见过，黑颈鹤好像没见过，是不是和野驴一样大呢？扎西东珠沉入了想象之中。

拉姆突然来到小房子，打断了正在想象的扎西东珠。眼前的灌木林不见了，身后的村子也不见了。他难过地对阿姐说：“再也看不到大雁和黑颈鹤了，连赤麻鸭都看不见了。”

拉姆不知道他在说什么，她管不了那么多，大声对扎西东珠说：“你愣着干吗？还不帮忙。”拉姆和奶奶一起出去的，她已经背回来三桶奶子了。扎西东珠使劲托住奶桶，让拉姆慢慢蹲下身，等奶桶落在地上，才松开托住奶桶的手。

拉姆说：“过两天阿妈会过来，该到打酥油的时候了。”又说，“牧场上的牛羊要集合在一起，在月亮湖过冬。”

扎西东珠不说话，他看着拉姆将奶子倒进更大的桶里，又提着水桶出了小房子。她出去后又返身回来，对扎西东珠说：“赶紧生火，奶奶快要来了。”扎西东珠还愣在原地，拉姆又说，“吃完了我们去折些樱格花（是毛茛科翠雀属的多年生草本植物，因其蓝色的花似展翅飞翔的小鸟，故而得名翠雀），该洗头了。”扎西东珠哦了一声，他并没有生火，而是跟随拉姆出了门。

拉姆已经十六岁了，看起来有点瘦弱，她读完小学后，就再也没有去过学校。扎西东珠突然想起拉姆带他折花的事情来。他的记忆之中，阿姐对他的好远远超出了阿妈。每年夏天，只要花一开，阿姐总要拉他去阳光最热烈的草坡折花。花的名字叫樱格花，茎秆纤细而修长，花是对开的，不多也不少，看上去均匀惹眼，和天空一样蓝。看着那些幽蓝的花朵，他就不想回家了。阿姐说过，他们折的花，只有在阳光充足的坡地才有，它把全部阳光吸收到自己身体里，才能开出像蓝天一样的花朵。樱格花开放最热烈的季节在初夏，那段时间恰好是牧场上最忙的时候，大多时间阿姐要看管牛羊，要帮忙挤奶，晒处里玛（处里玛就是曲拉，是打酥油时剩下的奶子，俗称奶疙瘩），还要梳牛绒。阿姐抽空让他认识樱格花后，又返身去忙她的活了。他帮阿姐折来樱格花，一大把一大把的樱格花放在小房子前的草地上，阿姐会露出灿烂的笑容。

樱格花折回来后要阴干，那样才能发挥它最大的功效。这也是阿姐说的。因此，阿姐将他折来的樱格花剪齐、扎牢，然后挂在阴凉处，慢慢等候冬天的到来。

冬天一来，牧场上相对会闲一点儿。这时候，拉姆就开始忙那些阴干的花。干透了的樱格花失去了往昔的耀眼色彩，展翅飞翔的小鸟也不见了其形，和其他杂草一样，看上去乌黑乌黑的，很直的茎秆也变得歪歪扭扭，轻轻一捏就碎成了七八截。拉姆要把干透的樱格花放到锅里，倒上水，一边吩咐扎西东珠加火，一边翻搅。大把大把的樱格花在瞬间就成了一锅乌黑的药水，清香味似乎比以前更浓烈、更纯粹了。煮好后，拉姆把一锅药水倒在木盆里，再单独舀出一大碗，放在凳子上，然后把提前拾掇好的旧布块全放进木盆里，加少许盐，使劲搓洗起来。那些破旧的布块不一会儿就变成了乌黑崭新的布料。染好布后，拉姆才用舀出的那一碗樱格花药水给扎西东珠洗头发。樱格花洗的头发蓬松光亮，还不生虱子。

奶奶转湖回来之后也不会闲着，坐在小房子前，摇一阵嘛呢，然后就开始捻牛绒。奶奶一手捏紧牛绒，一手捻转线棒槌，待线棒槌转动后，两手一齐扯长牛绒，牛绒在线杆的转动下，很快就变成了牛纱线。到一定长度后，再把纱绕在线砣上，最后将两股纱合捻成线，直至团成一团毛线球。

拉姆见扎西东珠跟着她，索性不去背水了。他们绕过月亮湖，走了很长一段路。已经错过了季节，开放的樱格花已经很少了。在一处向阳的坡地，费了很长时间，才折了一小把。拉姆对扎西东珠说："洗发膏不缺，但洗了头皮总是痒。"

扎西东珠说："那还是用你自己做的洗发膏吧。"

拉姆笑着说："给你也试试？这次要加些胡麻，煮出来的洗发膏会更加顺滑。"

第二天中午，拉姆就忙了起来，她从屋顶取出用纸

包着的干透了的樱格花，又取了些胡麻，将它们倒进锅里，半小时后就煮好了。和以前不一样，这次煮的樱格花水不但稠，而且香味更浓。拉姆让扎西东珠坐在矮凳上，先用木梳将他头发梳顺。拉姆说：“洗头是一件很重要的事情，用自己做的洗发膏，不仅洗得干净，还能使头发变得更加乌黑发亮。”

樱格花加胡麻煮出来的洗发膏质地虽然粗糙，但在揉搓过程中，却意外地带来了柔滑的触感。每一根发丝都得到了充分的滋润，在阳光下大口呼吸着新鲜的空气。

拉姆得意地笑着，她用独特的手法将扎西东珠的头发轻轻梳理，使洗发膏均匀地渗透到每一根发丝里去。扎西东珠感到前所未有的轻松和愉悦，仿佛整个身心都被浸泡在洗发水里一样。

04

立冬前几日，才华加骑着摩托车到月亮湖来看他们。才华加带了新鲜的蔬菜，还有一小袋苹果、一桶清油和几斤牛肉。

才华加对拉姆说：“冬天快要来了，要守住冬牧场，看好牛羊，照顾好奶奶。”

拉姆不住地点头答应。才华加知道，拉姆已经长大了，但他还是忍不住叮嘱了一番。第二天中午，没等奶奶转湖回来，一辆拖拉机却来了。拖拉机上装了一车空心砖，由才华加指挥着，停在小房子不远处。空心砖不重，扎西东珠能搬起一块，但才华加不让他靠近。空心砖是才华加朋友帮忙送过来的，前一天晚上，才华加还告诉扎西东珠，说临时再搭个小房子，没想到这么快就将砖拉了过来。

才华加和他的朋友卸完砖，又从车厢里取出一层木板，不到天黑，一间低矮的空心砖房子就搭起来了。空心砖搭成的房子很小，但才华加却满脸笑容，而且还在小房子门口扎上了嘛呢旗。相对而言，比原来的小房子显得气派多了，里面有连锅炕，有橱柜，还有一个专门烧牛粪的铁皮炉子。小房子不远处是用松木板扎起的一排排栅栏，栅栏里圈着牛羊。这方极为简陋的领地就是他们的冬窝子。扎西东珠还知道，他们在这里不会长期居住，只是将就一个冬天。

才华加和他的朋友搭好空心砖房子后，又在里面安了个牛粪火炉，还搭了简单的床铺，之后又将牛粪炉子点着。炉子里的牛粪烧得旺盛，火光映在他们脸上，如同夕阳下的红霞。

才华加的朋友突然说："你别看这小房子简陋，但我敢说，你在这儿的冬天一定过得温暖又快乐。"说完这话，他忍不住哈哈大笑起来。

望着他的朋友，才华加也微微一笑，他深邃的目光里闪烁着自信与希望。才华加说："这里可真是个好地方。"

才华加的朋友说："你说得对，这个冬天，你在这儿一定会过得很好。"说完，他将目光移向苍茫而荒凉的草地。

才华加和他的朋友赶天黑离开了月亮湖。扎西东珠央求阿爸带上他，但才华加没答应。才华加对扎西东珠说：“过几天吧，你们住在这儿我和你阿妈不放心。”

扎西东珠说：“阿爸，您和阿妈也要搬过来吗？”

才华加说：“先搬过来，等开春了再搬到村子里，牛羊要好好喂养，明年夏天要出栏。”

扎西东珠又说：“为啥要卖牛羊呢？”

才华加说：“你阿妈身体不好，奶奶也老了，搬到新建的村子后，我们就开个小卖铺。”

扎西东珠听阿爸这么说，立刻抱住他的腿，说：“阿爸，让阿姐也别放牛羊了，奶奶和阿妈都需要照顾。”

才华加笑着说：“我就是那么想的，所以一个冬天要好好喂养牛羊，明年夏天才能卖到更好的价钱。”又说，“我和你阿妈搬过来，一家人在一起，就不用担心了，你也有更多的时间好好学习。”

扎西东珠点了点头，说：“阿克郭华来找过您吗？”

才华加说：“来过了，你休学的事情已经说好了，他还给你带来了许多书。”

扎西东珠开心地笑着，虽然不能按时去上学，但他发誓，在牧场上一样能将学习赶上去。

两天后，才华加又来月亮湖了。几头牦牛拴在栅栏边上，背上已经驮满了家当，两个戴着旧毡帽的男人忙着卸驮在牛背上的东西。扎西东珠远远向他们打招呼，突然一只大黑狗飞奔过来，他慌忙躲在才华加身后，大黑狗在距离扎西东珠不远的地方狂叫着。戴着旧毡帽的两个男人同时转过身，大声呵斥着大黑狗。这时扎西东珠才认出来了，原来帮他阿爸搬牧场的是村里的阿克贡保当智和桑麦。冬季牧场都在月亮湖附近，草原辽阔无边，但不允许单枪匹马漫游。多少年来，大家踏遍雪山和草地，随牛羊东西漂泊，亲如一家。随着禁牧范围的不断扩大，牛羊渐渐少了，草原更加辽阔了，但显得孤独而寂寞起来。尽管如此，放牧的时候还是不愿过于分散。

贡保当智和桑麦卸完东西，在小房子里歇息。小房子里多了两个人，就显得拥挤了起来。拉姆给他们舀了酸奶，贡保当智一边喝酸奶，一边对扎西东珠说：“你阿爸真固执。”

扎西东珠说：“奶奶许了心愿，要转一年月亮湖。”

插箭的日子，大家会不约而同来到山顶，前来纪念和膜拜昔日的英雄。

村里许多和扎西东珠一样大的孩子们也会去插箭。插箭前几天要做好箭，要用数米长的木杆作箭杆，箭杆的根部削成箭头状，顶部绑柏枝，柏枝下面扎有三棱式彩色木板质箭羽，下面再缠哈达和羊毛，其形状似箭又像杆子，箭羽上还绘有宝珠、海螺、吉祥轮等图案。箭要并合，插成一丛，周围用栅栏围住，外垒石块，上缚经幡，缀以羊毛、哈达等洁白之物。箭丛多在高山之巅，远远望去，庄严肃穆，恰似昔日的英雄临风而立。

扎西东珠一边从枝尖上撕下羊毛，一边向村子的方向望去。村子已经不在了，冬日的雾霭久久不肯散去，它在远处的山梁上来回缠绕、奔跑，午后时分才渐渐升到天空中，不见了影子。然而村子依然模糊不清，黄河湿地的灌木林也看不见，一望无际的只有泛白的草原和远处雄伟的雪山。

大黑狗懒洋洋的，没有扎西东珠想象之中的机灵和好动，它对任何事情都漠不关心，总想找一个没有风吹草动的地方，安静地蹲下来，眼神中透着一丝深沉，仿佛隐藏着许多不为人知的秘密。扎西东珠有些失望，但他并没有放弃对它的观察和了解。他故意躺在草地上，发出痛苦的呻吟。大黑狗立刻跑了过来，默默地陪在他身边，用它那温暖的身躯给予他安慰。他又立起身，高兴地欢呼了几声。大黑狗也欢快地摇摆着尾巴，用猩红的长舌头舔着嘴巴。大黑狗外表慵懒，但它的内心却充满了智慧，懂得人类的情感。扎西东珠摸了摸大黑狗的头，默默走下了小山丘。

冬天的小山丘同样没有给他带来惊喜，想象中的美丽并没有出现。相反，小山丘上只有一片寂静，一片萧索。回程的路上，扎西东珠感到有些沮丧。他一直在想，自己是否真的喜欢过小山丘？他绝对喜欢小山丘，所有美好的记忆都告诉他，他真的喜欢小山丘，那些美丽永远存在于和朋友们一起度过的温馨时光中。

才华加最近频繁去城里，拉姆高兴得忘乎所以了。拉姆和扎西东珠一样，去城里的机会少之又少，回来之后便喋喋不休。扎西东珠看不惯她高傲的样子，索性读起课文来。只有他打开课本开始读书时，全家人都会安静下来。阿妈继续过滤奶子，奶奶也会停下转动的经筒，六字真言也隐藏于嘴皮之下了。才华加紧了紧腰带，走出小房子,朝远处的草地走去。拉姆突然变得手足无措，她使劲瞪了一眼扎西东珠，闷闷不乐地朝炕洞里猛添了几根柴薪。

扎西东珠就这样无声无息地打败了拉姆，可他心里依然想象着城里的美好，思念着朋友和同学。他开始掰指头算日子，同时也期盼奶奶早些转完湖。搬到新建的村子后，就能见到朋友和同学，如果可能的话，还能偶尔当一回小卖铺的主人。

最后几天，阿妈没有打酥油，挤来的奶子存放一天，就直接煮成了处里玛。阿妈说快要过年了，这样熬煮而成的处里玛营养丰富，酸味不重，非常好吃，要留着过年。没有卖完的酥油都装进了才华加特意买来的羊肚子里，装满酥油的羊肚子变得透亮而圆实。最值得高兴的是才华加还从城里买了新的太阳能电板,两个轮流使用，再也不怕太阳不出来了。

蔬菜、水果、饮料、点心，还有各种各样扎西东珠以前没见过的好吃的，统统买来了。一家人在月亮湖边的冬牧场里坐等新年到来的那一刻。

就在新年即将到来的某天早晨，扎西东珠发现大黑狗蜷缩着身子,趴在窝里一动不动。他跑过去摸了一下，大黑狗已经死了，它的身体坚硬而冰凉。大黑狗的突然死亡让扎西东珠难过不已，尽管他和它之间还没有完全结成牢固的友谊，但大黑狗是他们住在月亮湖冬牧场里唯一的邻居。扎西东珠伤心地哭了起来，拉姆也忍不住流下了难过的泪水。为此，奶奶转了整整一天月亮湖，晚上还拉动经筒，念经祈福。

“都别难过了。”才华加说,“大黑狗是老死的。”又说,“贡保当智原本不想要它,是我带过来的,现在离开我们,也算圆满了。”

“——唵嘛呢叭咪吽。”奶奶擦了擦眼角，对才华加说，“放到山梁上去吧。”

阿妈看了看阿爸，低声说：“快要过年了，要不去找找贡保当智吧？”

才华加点了点头，走出小房子，将硬邦邦的大黑狗驮到摩托车货架上，骑向遥远的山梁。

失去大黑狗，扎西东珠整天没有出小房子一步。他将阿爸带来的书挨个翻了一遍，无意中发现了一本撕掉

封皮的书,里面有各种动物的图片。他带着悲伤的心情,一遍又一遍翻着,就是没有找到大黑狗。但他找到了野驴,找到了雪豹,找到了大鹿,找到了狼,还找到了各种鸟。

阿爸回来得很迟,其实,当阿妈说出那句话时,扎西东珠已经猜到了,阿爸不会仅仅去山梁。果然,才华加一进小房子就从褡裢里掏出一只小狗来。那只小狗不知是受了惊吓,还是受了风寒,但见它浑身发抖,不住地呜呜呜直叫。拉姆从地上抱起它,将它放在火炉旁,好长一阵,它还是瑟瑟发抖。

"——唵嘛呢叭咪吽。"奶奶说,"赶快给它倒碗热奶子吧,看着还没断奶。"

才华加笑着说:"不小了,阿妈,这种狗长不大。"又说,"它可是贡保当智的宝贝,是我借过来的。"

奶奶笑着说:"狗啥时候不是宝贝呢!"

才华加说:"已经快一岁了,贡保当智说它机灵得很,还能放羊。"

扎西东珠听到这里,立刻来了精神。他连忙抱起那只小狗,认真看了起来。似乎和别的狗没有啥区别,再细细一看，又觉得它的眼睛大而亮，脑袋上的毛很长，差不多遮住了眼睛，它腿短小，却粗大。

才华加又说："贡保当智起初不答应，后来还是让我抱来了。贡保当智买了两只小狗，一只棕色的，一只黑色的。我们的大黑狗已经不在了，于是我就抱来了这只黑的。"又说，"贡保当智说这只小黑狗贵得很，只能先借给我们。"

奶奶的眼中闪过一丝惊疑，她有些疑惑地问道："狗也能买？"

才华加解释道："贡保当智说是买的，是从一个网红手里买的。"

奶奶的好奇心被激发了，她追问："网红是谁？哪个牧场上的？"

才华加无奈地摇了摇头，说："我也不知道，反正他说很贵，是装到箱子里邮寄过来的。"

扎西东珠在一旁插话，说："奶奶，网红就是在网上很红火的人呢。我们同学说，很多人都喜欢网红，他们能跳舞，会唱歌，还代卖东西呢。"

才华加恍然大悟，哦了一声，说："难怪贡保当智整天拿着手机，和他说话，有一句没一句的，像丢了魂一样。”

扎西东珠接着说：“没错，网红的影响力真的很大呢，我们班好多同学都有自己最喜欢的网红。”

奶奶微笑着点头，说：“我不知道你说的这些。”她慈祥的目光在扎西东珠身上流转，“你好好学习，将来也会成大家心中的网红。”

扎西东珠默默点了点头，又问拉姆：“阿姐，奶子热好了吗？小狗快要饿死了。”

拉姆将热好的一小碗奶子端了过来，扎西东珠还拌了点酥油糌粑，小黑狗只是闻了闻，根本不吃。抱到狗窝，一会儿就又跑进来了，还不住地发出呜呜呜的叫声。折腾了好长一阵，奶奶说：“就让它住房子里吧。”又说，“饿了它自己会吃的。”就这样，扎西东珠将小黑狗放到火炉旁，并且在地上铺了一块羊皮。第二天，扎西东珠醒来时，发现小黑狗卧在他身边，并用身子不断地蹭着他，可爱极了。

这是扎西东珠第一次陪奶奶去转湖，因为下了薄薄一层雪，他怕奶奶摔倒。那只小黑狗果然机灵，它似乎知道扎西东珠要去月亮湖，刚一出小房子，就欢快地奔跑，等看不见扎西东珠和奶奶时，又跑了回来。来回几次它就跑不动了，赖在扎西东珠脚下不住地摇尾巴，还抬头望着他，眼神中充满了无尽的祈求。扎西东珠刚伸出双手，它像小孩子一样扑到他怀里。扎西东珠紧紧抱着它，和奶奶朝月亮湖边走去。

10

才华加讲故事的水平的确比郭华差远了，不过对扎西东珠而言，在无尽寒冷的冬牧场里，能听到关于黄河湿地上的故事，已经很满足了。

扎西东珠拿出那本撕掉封皮的书，让他阿爸看。他阿爸一边看着图片，一边对扎西东珠说：“这些动物在月亮湖附近就有，不算啥稀奇的。”

扎西东珠说：“我怎么一只都没见到过呢？”

才华加说：“以前多得很，放牧时经常会遇到，现在好像少了。”又说，“不是少了，是它们躲起来了。”

扎西东珠有点儿不明白，为什么要躲起来呢？他问才华加：“阿爸，班玛草原这么广阔，难道没有它们玩的地方吗？”

才华加听后哈哈大笑，说：“它们玩的地方可多了，不仅仅在班玛草原呀。”停了一下又说，“也可能是这几年月亮湖边来旅游的人多了，它们怕人，才躲了起来。”

“人应该怕它们才对。”扎西东珠说。

才华加说：“人怕它们，它们也怕人，相互怕。”

“阿爸,你说月亮湖边来的人多,我怎么没遇见呢？”扎西东珠说，“这里除了住牧场的，还有谁来呢？”

才华加说：“夏天才会来，而且很多，湖边的草都被踩踏死了。”

扎西东珠突然想到了网红，他惊奇地问：“阿爸，网红也来月亮湖直播吗？这里没有啥可以卖的呀？”

才华加摇了摇头，说：“来这里的恰好不是住牧场的。”又说，“月亮湖边电话都不通，网红当然不会来直播。”

扎西东珠还是不懂，他又问："那他们来这里干吗？"

才华加说："都是来草原上玩的，城里的人没见过这么大的草原，来了都不想走。"

扎西东珠说："我想去城里，到了城里，或许也不想来草原了。"

才华加笑了笑，说："无论在哪儿，你都是草原上的孩子。"

扎西东珠也笑了笑，说："草原上的孩子拥有广阔的天地，不仅要立足于草原，更要勇敢地走出去，去探索更广阔的世界。"

才华加听了扎西东珠的话，没有立刻回应，他沉默了片刻，终于深吸了一口气，缓缓地说："走出去并不是一件容易的事情，需要付出很多努力和汗水。而且，你想过走出草原之后要做什么吗？你有自己喜欢的事情吗？要达到什么样的程度呢？"

扎西东珠听完阿爸的话，愣住了。他从来没有想过这些问题，他的心中只有对外面世界的好奇和向往。才华加看着扎西东珠无助的眼神，又语重心长地说："我知道你想离开草原，但是你要找到一个目标，一个真正属于你自己的目标。只有这样，你才能有方向，才能坚持不懈地走下去。”

扎西东珠突然感到很迷茫，他不知道自己喜欢什么，也不知道要达到什么样的程度。不过，他幼小的心灵里隐约有些明白，要想找到一个属于自己的目标，那就要好好学习，不能吊儿郎当。只有这样，才能不断成长，不断进步，不断向着自己的目标迈进。

才华加拍了拍扎西东珠的肩膀，鼓励道：“不要害怕困难，只要你有信心和勇气，就一定能找到自己的目标和方向。”

扎西东珠默默地点了点头，同时也似乎明白了，草原上的孩子要走出去，不仅要有勇气和决心，更要有目标和方向。只有这样，才算是真正地走出去。

那天晚上，扎西东珠想了很多。想到了大天鹅，想到了同学和朋友们，也想到了新建的村子。他突然发现，原来他的目标并不是离开草原，而是要让草原更加美好。

第二天一大早，扎西东珠就跑到空心砖小房子，告诉阿爸他的想法。才华加听了之后，露出了微笑，说：“无论到哪里，你都是草原的孩子。”

阿爸的话让扎西东珠心中涌起一股暖流，他明白阿爸对他的期望，于是他暗自下决心，一定要带着对草原的热爱去追寻自己的梦想，可转眼间，他所有的想法都被即将到来的新年给占据了。

新年终于来了，这天早上，全家人都起得很早。阿妈将两个小房子收拾得干干净净，连门外的草地都清扫了一遍。奶奶穿了新衣服，换了橱柜里的净水，点了酥油灯。阿妈和拉姆也换了新衣服，忙着包藏包、煮肉。

才华加在小房子门口不远的地方煨桑（是用松柏枝焚起的霭霭烟雾，是藏族最普遍的一种宗教祈愿礼俗），桑烟如蓝色的丝带，拐着弯，缓缓升到空中。才华加同样换上了新衣服，鲜红的腰带，乌黑的马靴，雪白的皮袄，墨色的毡帽，看上去年轻精神。

奶奶要去转湖。除了阿妈，大家都跟随奶奶，冒着寒风向月亮湖走去。月亮湖边十分宁静，湖中央荡着水纹，四周依旧是封冻的冰层。走到湖边，才华加从怀里取出了哈达，每人一条，虔心挂在湖边的灌木枝上。奶奶献了两条，一条是自己的，另外一条是替阿妈献的。才华加将桑子（煨桑用的，通常有糌粑、青稞、水果等）

放到煨桑台上，点着后又撒了隆达。奶奶双手合十，不住地祈祷——唵嘛呢叭咪吽。

月亮湖真大，扎西东珠第一次转湖，可他没有坚持到最后。小黑狗也似乎走不动了，不见了刚刚出门时的那种活蹦乱跳，它躺在扎西东珠怀里半闭着眼睛。扎西东珠倚在煨桑台边，等着他们转湖回来，小黑狗突然从怀里跳下来，向前方冲去，原来小黑狗发现了一只兔子。兔子钻进洞里，小黑狗却执着地站在洞口。叫了几声，小黑狗不回应，扎西东珠只好又抱起它。泉水就在不远处，扎西东珠见奶奶他们还没回来，迟疑了一下，便朝泉水的方向走去。

一切都没有变，只是多了几只赤麻鸭。扎西东珠看着那些悠闲的赤麻鸭在没有封冻的泉水中央游来游去，心里非常高兴。回来的路上，他一直想着，春天这里一定会很热闹，一定要带索南昂毛他们来看看。黄河湿地的灌木林就不用去了，奶奶说过，大天鹅和黑颈鹤马上要来月亮湖了。

太阳慢慢照亮了整片草原，然而寒风却越来越紧，扎西东珠忍不住跺起脚来。奶奶他们应该转完了湖，或许已经回去了。

月亮湖边没有人，可是煨桑台上又新添了几堆正在燃烧着的桑子。有人来了？是谁呢？四周的隆达铺了厚厚一层，而且还有好几个塑料瓶子，瓶子里没有倒尽的奶子已经在瓶壁上冻成了薄薄一层冰。扎西东珠放下怀里的小黑狗，将那些空瓶子捡起来，用煨桑台上的石板压住。小黑狗见扎西东珠捡塑料瓶子，也兴奋地用嘴衔来一个小瓶子。扎西东珠高兴得差点跳起来，他抱起小黑狗，飞一般向小房子跑去。

来客人了？还没有走进小房子，扎西东珠就听见了好几个人在说话。他蹑手蹑脚来到小房子门前，轻轻推开了门，然而就在他推开门的那一刻，小黑狗挣脱了他的怀抱，快速地从门缝里钻了进去。

连锅炕上坐着贡保当智和郭华，炕桌上堆满了各种糖果，还有两大盘冒着热气的肉。小黑狗跳到贡保当智怀里，扎西东珠向贡保当智和郭华问了好，接着就喊小黑狗，小黑狗对他视而不见，他急得打了小黑狗一巴掌，它竟露出凶狠的表情，发出呜呜呜的抵抗声。

奶奶见扎西东珠的眼眶里浸满了泪花，一边拉着经筒，一边对贡保当智说："给他吧，你一个大人了，抱着个狗像啥话。"

贡保当智装作没听见，继续高谈阔论，不亦乐乎。

郭华说："狗和娃娃不要惹，赶紧给他。"

贡保当智看了一眼扎西东珠，又对小黑狗说："别到他跟前去，我才是你的好朋友。"

哇的一声，扎西东珠终于哭出声来。

阿妈连忙从贡保当智怀里抢过小黑狗，放到扎西东珠怀里，笑着说："别哭了，你才是小黑狗的好朋友。"

小黑狗似乎被扎西东珠的哭声和阿妈的抢夺吓住了，它在扎西东珠怀里一动不动。扎西东珠用手抚摸小黑狗的脑袋，坐在火炉旁边，也不和贡保当智说话。

"过来，到这儿来。"贡保当智笑嘻嘻地对扎西东珠说，"小黑狗是我的，我要抱回去。"

扎西东珠紧紧抱着小黑狗，站起身连忙躲在阿妈身后。

阿妈说："别惹娃娃了，大过年的。"

贡保当智又对扎西东珠说："那你说说，一个冬天你该读的书都读完了吗？"又说，"你给小黑狗吃的啥？"

扎西东珠从阿妈身后晃出半个脑袋，说："读完了，阿克郭华给的书也读完了。"又说，"给小黑狗吃的是酥油糌粑。"

贡保当智听后哈哈大笑，说："你家的酥油都让狗吃了，你们吃啥？"

扎西东珠说："我家酥油吃不完。"又指了指橱柜说，"柜子里还有好几肚子酥油呢，肯定比你家的多。"

贡保当智笑得前仰后合，说："小黑狗要吃火腿肠，你家有吗？"

这下扎西东珠无话可说了，他的确没有喂过火腿肠，再说了，冬牧场里哪有火腿肠？

郭华说："扎西东珠，你别听他胡说。火腿肠可贵了，我们不能把它给惯坏了，就让它吃糌粑。"又说，"到草原上来了，就不能由着它。"

"谁说的？"贡保当智说着就从怀里取出了一根火腿肠，对扎西东珠说，"抱过来，你看看吃不吃。"

扎西东珠迟疑了一下，将小黑狗抱到贡保当智跟前。小黑狗闻了闻撕开的火腿肠，伸出小舌头又舔了一下，转过了头，不肯吃。

“看看看，不吃吧。”郭华说，“到了草原，它就应该学会适应草原的生活。”

“我就不信。”贡保当智说，“以前一直吃火腿肠，这才几天？吃呀，吃呀。”贡保当智拿火腿肠在小黑狗的嘴巴上戳了几下，小黑狗立刻露出尖利的牙齿，朝贡保当智发出呜呜呜的怒叫声。

扎西东珠扑哧一下笑出声来，郭华和才华加也跟着大笑起来。奶奶放下拉经筒的绳子，对贡保当智说：“狗是认门户的，进了我家门，就喜欢上吃酥油糌粑了。”

贡保当智叹了一声，装出十分无奈而感伤的样子来，说：“这么快就叛变了，可惜了我那么多火腿肠。”

扎西东珠说：“您别可惜了，等我家搬到新村子，开了大铺子，还你一箱火腿肠。”

贡保当智愣了一下，接着又哈哈大笑，说：“火腿肠换成酒吧，我想小黑狗了就喝，喝醉了就哭，哭它的狗眼不认人。”

全家人都发出欢快的笑声，扎西东珠抱着小黑狗，更是舍不得放下。

贡保当智说：“算了吧，小黑狗就送给你，当作新年礼物，不过你可要好好训练，它聪明得很。”

郭华对扎西东珠说：“不要把所有时间都放在狗身上，秋季开学了要去学校。”

扎西东珠说：“小黑狗还帮我捡塑料瓶子呢。”又说，“一个冬天，该背的课文我都背完了。”

郭华说：“那就好，学习可不能耽误。”又说，“它还能捡瓶子？”

于是扎西东珠又说起了月亮湖里的塑料瓶子，还有早上他压在煨桑台上的塑料瓶子。

郭华若有所思，说：“这个要治理，不能随便在湖里丢垃圾。”又对贡保当智说，“刚才你就随便扔垃圾了，还不如个孩子，草原是我们大家的，要好好保护它。”

贡保当智吐了下舌头，说：“就这一次，下不为例。”

扎西东珠说：“奶奶也是这么说的。奶奶还说，过段时间大天鹅和黑颈鹤也会飞回来的，泉水那边的赤麻鸭已经回来了。”

郭华说：“一定会回来的。”又说，“来的人多，垃圾就多，这个必须治理。”

扎西东珠点了点头，说：“等冰融化了，我想办法把湖里的塑料瓶子捞出来。”

郭华说：“你别去捞，很危险，我们会想办法的。”

扎西东珠又说：“要不在湖边做个垃圾桶吧。”

郭华笑着说：“你和小黑狗一样聪明了。”

天还没黑，贡保当智和郭华就离开了月亮湖，临走前，郭华给了扎西东珠一个精致的笔记本，说是特意带给他的新年礼物。

送走了贡保当智和郭华，小房子立刻安静了下来。扎西东珠给小黑狗喂了酥油糌粑，之后又取出文具盒，在刨花上写下两行字——

要在月亮湖边放几个垃圾桶，要将垃圾分类。

想让月亮湖变得清澈无比，就不能来太多人。

晚上，扎西东珠偷偷打开郭华带来的笔记本，但见上面画了一幅画，画面中是一排排统一整齐的房屋，看上去温馨无比。马路宽阔，小汽车并排而行，街边还有各种商店，繁华热闹。四周是树林，中央是一个宽敞的广场，广场旁边是篮球场，一群孩子正在打篮球。而让人眼前一亮的是，广场中心的雕像——他骑在马上，高大威武，目光坚定。扎西东珠知道，那一定是大家心目中伟大的英雄格萨尔王。

11

不知不觉就到了清明，天气也渐渐变得暖和了起来，可是班玛草原的气候并不随季节的更替而变化。早上晴空万里，午后往往会风雪交加，寒气逼人。顷刻间，宽阔的草原再次沉浸于长久的寒冬。事实上，从三月开始，草原就苏醒了，只是大家习惯沉迷于冬的厚实之中，对不动声色的变化缺少了留意和发现。尤其是海拔三四千米的月亮湖，草木不发芽，眼中的春天就没有真正来临。当班玛草原完全披上盛装，万物欢歌，溪流汇聚，黄河欢奔，湿地闪动夺目的光芒时，其实已经到了立夏。

小黑狗变得愈发聪明了，还学会了撒娇，跑一阵，就要让扎西东珠抱着。反反复复，扎西东珠走到泉水边时，已经累出了一身汗。

报春花和黄花地丁往往会在无人注意时悄然开放，它们在草地边缘和湿地四周保持着健壮的身形，一直延续到六月，甚至十月。对后代的繁衍与传播，不起眼的植物们总要费尽心思，不仅要把握好高原风向，而且要掌握好飞行速度，还要选择好适宜生长的地方。扎西东珠也惊奇地发现，泉水四周的湿地上已经冒出了一圈一圈鲜嫩的小草芽尖。泉水基本解冻了，水面上的浮冰，相互碰撞着，发出喀喀喀的声音。和寒冬相比，泉水变得浑浊了许多。一家人吃的水都来自这儿，怎么办？为什么会浑浊起来了呢？扎西东珠坐在一块石头上，怅然若失地思考着。小黑狗却忙了起来，它跑前跑后，一会儿翻滚，一会儿用爪子轻轻撩着溢出草地的溪水。

扎西东珠想不出办法，也不知道泉水为何变得如此浑浊。他站起身,喊了几声小黑狗。小黑狗不来他身边，故意向远处跑去。扎西东珠追赶着、奔跑着，他知道，一会儿小黑狗累了会趴在他怀里的。他们绕着溪水跑，跑着跑着，就到了月亮湖边。那是一处向阳的草坡，枯草并没有泛绿，但他发现了大丛大丛的蕨麻秧子。蕨麻不同于报春花和黄花地丁，它们总是按兵不动，蓄势待发，从五月开始，一直到来年四月，这段漫长的时间里，它们在大地深层孕育着圆润的果实。深藏不露，就是为来年盛开一片耀眼的金黄，形成不可磨灭的大家族来。

蕨麻是蔷薇科委陵菜属的多年生草本植物，分布较广。蕨麻的黄色小花看起来很普通，其果实长在地下，呈暗红色，中部或末端膨大呈纺锤形或球形。蕨麻从来不靠颜值，以素颜在美女如云的蔷薇科植物中独树一帜，靠的却是极其丰富的食用与营养价值，尤其是生长在高寒地区的蕨麻，无论在河岸、山坡、草地，还是灌木丛中，人们总是会牢牢记住它。

扎西东珠深深记住了蕨麻的样子，因为前两年他和同学们挖过。专门来草原收购蕨麻的人会给出很高的价钱，因而他们不顾家人反对，一放月假，就来河谷坡地偷偷挖蕨麻。

班玛草原在高原的环抱里，平均海拔三千八百多米，昼夜温差大，河流分布广，雨水丰沛，为蕨麻的生长提供了天然的生长环境，因而生长在这里的蕨麻体圆肉肥，颗粒饱满，色泽红亮，产量高，品质好，属于高原蕨麻中的上品。

五月的雪很重，下落的速度也很快，来不及在空中舞蹈，就掉到了地上。也来不及故作坚硬的姿势，就变成湿漉漉的一片。落在枯草尖上的雪片愈发迫不及待，瞬间就成了似老鼠眼睛般明亮的珠子。这天早上，扎西东珠和拉姆偷偷出了小房子，正急匆匆向月亮湖附近的那片坡地走去。天气刚刚放晴，凉风习习，遥远的群山和略带泛黄的草地连成一片，让月亮湖也突然变得宽阔起来了，湖边的河柳愈发显眼，密密麻麻，成道成片。在扎西东珠眼里，这里的一切并不会让他感受到苍茫和局促，因为藏历新年马上就到了，饭桌上说什么也不能缺了蕨麻米饭。

清明前后的雨雪是自然馈赠于班玛草原无上的礼物，地皮经雨雪滋润，变得更加酥软，刨开蕨麻的枯叶，一镢头下去，深藏在土块之中的圆实可爱的蕨麻果立刻分散四处，可它们逃不出扎西东珠捡拾的速度。从早晨到下午，扎西东珠很卖力，每一镢头都挖得很深，捡拾蕨麻也比拉姆快，太阳没有完全落山，扎西东珠笼子里的蕨麻差不多装满了。

拉姆说："给我吧。"

扎西东珠说："一点都不重。"

拉姆说："你挖得比我多，回去单独晒吧。"

扎西东珠还是没有将装满蕨麻的笼子给拉姆。

拉姆又说："镢头给我。"这次他没有犹豫，走在身后，扎西东珠看着拉姆一手提着笼子，一手扶着扛在肩上的两把镢头，开心地笑了起来。

村里人反对挖蕨麻，尽管如此，却也做不到彻底禁止，反而促使蕨麻的价格飞涨。扎西东珠想了起来，阿克郭华曾经说起过，让村里人种植蕨麻，缓解市场供求的同时，还能提高大家的收入。然而说归说，村里依然没有人专门去种蕨麻。在大家心目中，蕨麻还是自然生长的好。有段时间，村里也有人偷偷去挖，偶尔遇到熟人，并不相互攀谈。倘若真要去挖，也只好选择坡地或小河边，挖出草皮，拣完蕨麻，之后又将草皮按原来的模样放进去，松动的四周还要灌满土，以保植被的完好。

将鲜活而圆实的蕨麻晒成皱皱巴巴的蕨麻干，需要一定的时间。首先要淘洗，其次要掐头去尾，最后要将长形的、模样不太好看的一一拣出来，留下圆实而饱满的，在不久的将来，它们会以团圆和睦的象征性食品出现在饭桌上，招待亲朋好友。

阿妈的厨艺在村里是很有名的，她做的蕨麻米饭甜而不涩、油而不腻。不但如此，她能将蕨麻做成各种养生的粥汤，让蕨麻成为具有创造性的美食。

蕨麻米饭藏语称作“蕨麻哲则”，是用蕨麻、大米、酥油、白糖合烹的一种营养丰富的藏族传统美食。它的烹饪方法十分讲究，通常的做法是将大米、蕨麻分别煮熟，一样一半盛在碗内，撒上白糖，浇上酥油汁，边搅边吃。

天还没有完全亮开，阿妈就已经起来了。淘洗干净的蕨麻干在清水里泡了一夜，显得更加光鲜而圆润。她在泡好的蕨麻中加了少许冰糖，倒进铜锅里，用文火慢煮好几个小时。煮蕨麻的这段时间，她并没有闲着，挤奶、放羊、滤奶子等一切完毕，她又开始淘洗大米。大米淘洗干净后，先煮至半熟，接着又将米捞出后用冷水漂去米汁，拌以酥油，再放入笼内蒸熟，最后大米和蕨麻各盛一半，加上白糖，再浇上少量酥油，别具特色的“蕨麻哲则”就做成了。这样做出来的“蕨麻哲则”味道鲜美，百食不厌。

相传格萨尔王时期，青藏高原妖魔鬼怪横行，黎民百姓遭受荼毒，班玛草原上有对年轻牧人，男子叫尕藏，女子叫觉玛，夫妻俩日出而作，日落而息，奉养老母。有次他们牛羊的转场足迹被部落头领发现了，要让他们交沉重的草头费，尕藏夫妻交不出，于是头领就派人抓走了尕藏。几年之后，格萨尔团结劳苦大众，降妖伏魔，统一了部落，被部落头领抓走的牧民们各自回到家乡。尕藏满脸须发，拖着瘦弱的身子也回到了班玛草原。一路上他看见牧场无畜，饿殍遍地，甚为惶恐和担忧，不知家中的阿妈和妻子现状如何？到家后，但见阿妈发丝如银，精神矍铄，妻子脸庞红润，眼神澄澈。

尕藏很惊奇地问觉玛：“你和阿妈这几年是怎么过来的？”

觉玛说：“我和阿妈靠几只牛羊、一头猪和一片青稞地勉强度日。猪没吃的，就整天吃草皮下的一种褐色的果子，它不但没瘦反而还肥了起来，于是我捡拾一些回来了。”

觉玛继续说：“猪吃了没死，人肯定也能吃。阿妈饿了，我就把捡来的果子煮熟，掺在糌粑中让她吃。是那个果子救了我和阿妈……”

尕藏喜极而泣，并把这个消息告诉了草原上的所有牧民，大家顺利地熬过了灾荒。后来人们为感恩觉玛，就叫它觉玛果。觉玛在藏语里有长寿之意，因而大家又管它叫长寿果、人参果。

奶奶讲这个民间传说已经八百次了，也的确是因为班玛草原的蕨麻名满天下。可是再也不能挖蕨麻了，扎西东珠和拉姆也受到了阿爸的严厉批评。才华加对他俩说了奶奶曾经说过好多次的话——草原上的每样东西都是有神灵保护的。

12

原本清澈的泉水突然变得浑浊起来，这让扎西东珠十分担心，同时他将自己的想法告诉了拉姆。肯定有人专门来使坏，不让他们一家人吃水。扎西东珠越想越气愤，同时对那个使坏的人产生了极度的憎恶，他决定要将使坏的人抓住。拉姆却不那么认为，谁会如此狠心地来使坏？可她无法理解泉水为何突然变得如此浑浊？每天背水回来，他俩看着浑浊的泉水就生气。泉水需要放在大锅里，经过一天时间的澄清，晚上又要将澄清的泉水灌到桶里，灌完后，还要清理留在大锅里的泥沙。

小黑狗越来越不听话了，扎西东珠背课文时，它总会发出呜呜呜的声音，还撕扯他的衣服，用牙齿轻轻咬他的胳膊，它要出去玩，因为春天已经来了。

扎西东珠接连几天去了泉水边，什么都没发现，可泉水越来越脏了，草芥、泡沫、瓶子，一一漂浮在水面上，而且四周还多了各种动物的蹄印。他突然害怕起来，会不会是狼来了，或者是雪豹？这样的想法只是一闪而过，狼不会来，这一带牧场都拉了铁丝网，牛羊不会越网，狼就算想来，也只能在网外咽咽口水。雪豹更不可能，雪豹会在遥远的雪山上奔跑，不会在平坦的草地上爬行。

这天，月亮湖边多了一群人，他们绕着湖，指指点点，说说笑笑。小黑狗也跟着凑起热闹，挣脱扎西东珠的怀抱，疯一般跑在前面。

拉姆似乎不太高兴，扎西东珠和小黑狗回到小房子时，第一眼就看见了拉姆愁眉苦脸的样子。奶奶不在，小房子也显得有点冷清。扎西东珠使劲拉了几下奶奶的经筒，经筒立刻发出吱吱吱刺耳的声音。拉姆转过身，偷偷擦了下脸，又转过来对扎西东珠说：“泉水越来越不干净了，要到哪儿去背水呢？”

扎西东珠说：“你去过泉水边了？”

拉姆说：“去过了。”又说，“我在旁边挖了个大坑，看有没有清水渗出来。”

“阿爸怎么说？”扎西东珠问拉姆。

拉姆说:“阿爸也烦恼呢,不过阿爸说过段时间会好,还说现在正是冰雪消融的时候，水变脏也是正常的。”

扎西东珠说：“往年怎么样？也是这样的吗？”

拉姆说：“不是这样吧，往年都是由阿妈背水的。”

扎西东珠没说什么，他决定明早再去看看。

下了一早上小雪，奔跑着的白云终究没有遮挡住高高升起的太阳。下午天晴了，白云也不见了，蓝天显得十分深远，月亮湖对面的山丘浓雾奔跑着，通往泉水的路也似乎狭窄了许多。

月亮湖边没有人，可是多出了许多水泥柱、铁丝网和木板。不知道这里将要发生什么，扎西东珠绕湖走了一段，同样发现了水泥柱、铁丝网和木板。他捡了一块干净平整的木板，带着小黑狗朝泉水边走去。

“不能让坏人破坏月亮湖。”他一边走，一边想，“要在月亮湖边立个牌子，要告诉转湖的人，不能将塑料瓶子扔到湖里。”

“泉水里更不能扔垃圾，饮用水要保持干净。”扎西东珠想到这里，又返回去多捡了一块木板。

扎西东珠没有找到拉姆挖的水坑，反而在泉水边发现了很多羊蹄印。羊不会来这里的，放牧都有固定的地方，这片草地不属于放牧区，可是怎么会有羊蹄印呢？小黑狗从来就不安分，它突然叫了起来，并沿泉水左边的草坡跑了过去。接着，扎西东珠就看见一只羊跑了过来。那只羊踏过浅水，快到扎西东珠跟前时，又返回去了。小黑狗在水边疯狂地叫着，那只羊站在浅水里六神无主，来回转圈，四周的泉水立刻翻涌出乌黑的水圈来。

怎么会是乌黑的呢？扎西东珠蹲下身子，将手伸到水中，挖起一把泥。原来这里的泥分了三层，最上面一层是细沙，中间一层是黄泥，最下面一层却是乌黑的淤泥。他洗了洗手，站起身，那只羊似乎受到惊吓，它在浅水中不停转圈，不一会儿，泉水彻底变成了乌黑色。扎西东珠十分生气，他一边骂着那只羊，一边捡起小石子朝它砸去。可那只羊只会转圈，不肯从浅水里跑出来。扎西东珠只好带着小黑狗，离开了泉水边。或许阿爸说得对，仅凭一只羊是不会弄脏泉水的，春天来了，大地解冻了，泉水变脏也许是正常的。

刚走到月亮湖边，天边又刮起了大风，枯草被大风卷起来，一一扔到湖里，片刻间，湖面上就浮起一层枯草。

扎西东珠加快了脚步，他要将今天所见的一切告诉给拉姆，以后背水的时间要改一改，或是晚上，或是清晨。

小黑狗又叫了起来，扎西东珠转身一看，那只羊远远地跟在他身后。他走一下，它也走一下；他停下来，它也停下来。扎西东珠想,月亮湖周围以前有几家牧场，可现在都搬到新建的村子去了。那只羊是谁家的呢?

快到小房子跟前了，扎西东珠转身一看，那只羊还跟在他身后，他不由自主地停下脚步。要不先赶到羊群里吧，免得它再去泉边弄脏水。想到这里，扎西东珠轻轻朝那只羊走去。那只羊见扎西东珠朝它走来，迟疑着向后退了退，之后便不动了。扎西东珠认真看了看，见它周身挂满了草芥和刺尖，腿上沾满了泥水，一只眼睛紧闭着，眼圈四周全是眼屎和泪斑，样子十分难看。小黑狗围着羊转了好几圈，一会儿摇头摆尾，一会儿露出牙齿，显得极不友好。

那只羊交给奶奶，扎西东珠算是松了一口气，也算是找到了弄脏泉水的罪魁祸首了，可他心里知道，泉水变脏并不是那只羊的“功劳”。

拉姆不肯收留，她说：“把它赶到很远的山里去，

放到自家羊群里它肯定也不会老实。”

阿妈说：“可能是放生羊。”

阿爸笑了笑，说：“放生的羊身上会系着毛绳的（放生前，主人要请高僧大德对羊毛绳加持，然后由主人系到牛羊身上，意为护身）。”又说，“这只羊的毛很短，肯定被剪过，不是放生的。”

扎西东珠拿不定主意，羊是他捡来的，他却不知道该怎么处理了。奶奶停下拉动的经筒，笑着说：“先找根绳子拴在门外吧，你们没看见它流着眼泪吗？”又对扎西东珠说，“去准备一碗盐水，等它的眼睛好了再说。”

13

一大早起来，奶奶破天荒不去转湖，而是给那只羊治眼睛。奶奶端着一碗盐水，让拉姆和扎西东珠死死摁住羊头，不让它随意转动，然后美美噙上一口盐水，朝它流泪的眼睛喷去，一直到一大碗盐水喷完。同时，奶奶还特别叮嘱扎西东珠，给那只羊喂点豆瓣，完了拉着它去湖边吃草。扎西东珠很不情愿，但又不敢违背奶奶的吩咐。接连几天，扎西东珠将羊完全放手，任它自由吃草，他希望它自由快乐地向远方跑去，可它偏偏不跑。有次扎西东珠将它赶到离泉水很远的地方，可当他转身没走几步，它又跟了回来。

经过奶奶的悉心救治，羊的眼睛慢慢好了起来。它不再流泪，也没有当初那么难看。这天，奶奶特地让拉姆将那只羊赶到栅栏里去。拉姆拉着那只羊，它的四蹄用力撑在地面上，不肯向前迈步，拉姆只好央求扎西东珠在它屁股上搡着。当那只羊被赶进栅栏后，他们却意外地发现它与羊群格格不入，独自站在栅栏一角，一动不动。扎西东珠和拉姆离开栅栏时，那只羊开始高一声低一声叫了起来，声音回荡在空旷的草地上，显得格外孤寂而哀伤。

扎西东珠说：“栅栏里突然来了亲戚，它们欢迎才对。”

拉姆说：“羊不认生，过一会儿就好了。”

扎西东珠哦了一声，跟着拉姆往回走。快到小房子跟前时，拉姆说：“我们去泉水边看看吧？”

扎西东珠想了一下，说：“天都快黑了，明天走吧。”

拉姆说：“明天的日子好吗？”

扎西东珠说：“月亮湖边来了许多人。”

拉姆说：“那和泉水有啥关系呢？”

扎西东珠说：“湖边还有许多木板。”

拉姆又说：“那和泉水有啥关系呢？”

扎西东珠摇了摇头，说：“反正现在不能去。”

拉姆瞪了扎西东珠一眼，气冲冲地朝小房子走去。

扎西东珠慢悠悠来到小房子。奶奶不在，平常这个时候，奶奶会四平八稳坐在炕上拉着经筒。阿妈这段时间稍微闲了，青草还没完全长出来，青黄不接，牛羊都在度命，不可以挤奶。

阿妈坐在小房子里拣羊毛，阿妈说：“很快就要搬到新建的村子里去了，要擀几条新毡。”

拉姆不理扎西东珠，她坐在阿妈旁边，帮着拣羊毛，头都没抬。扎西东珠知道拉姆生他气，可是今天真不能去泉水边，因为他还有特别重要的一件事情要做。他已经想好了，明天无论如何都要去月亮湖和泉水边。

扎西东珠从门背后取出两块木板，拿起切刀，刚出门时却被阿妈叫住了。

阿妈说："你拿切刀要做啥？"

扎西东珠问阿妈："奶奶呢？"

阿妈很吃惊地说："你到底想要做啥？"

扎西东珠说："我做个牌子。"又说，"奶奶呢？"

"去转湖了，估计快回来了。"阿妈说，"做啥牌子？"

扎西东珠说："就是不让人乱扔垃圾的牌子。"又说，"奶奶怎么现在才去？"

"早上冷，吃过饭又起风了。"阿妈依旧拣着羊毛，"这几天没见你背课文呀。"

"早就背完了。"扎西东珠说着就出了小房子门。

扎西东珠蹲在外面，又是砍，又是削，两块木板越来越小，可就是达不到他想要的那个效果。小黑狗在他身边来回转圈，一会儿衔起木屑，一会儿又撕扯他的裤管。小黑狗极不安分，它成天想让扎西东珠带它去玩。扎西东珠气不打一处来，呵斥了一声小黑狗。小黑狗立刻变乖了，趴在一边，偷偷看着扎西东珠，不敢出声。

才华加已经悄悄地看了好久，扎西东珠并没发现他。他想放弃了，将木板扔在一边，朝草地上使劲剁了一切刀。看到这里，才华加忍不住笑出声来。扎西东珠很不好意思，他站起身委屈地望着才华加，说："阿爸，我啥都不会做，就连一个牌子都做不好。"

才华加突然严肃起来，说："你已经做得很好了，就差那么一步。"又说，"草原上的男孩子都是有本事的，不能轻易说出做不好的话来。"

扎西东珠低下头，沉思了一会儿，又重新拾起木板，认真削了起来。快到吃饭的时候，扎西东珠终于将两块木板削成了他想象中的样子。吃完晚饭后，扎西东珠又央求拉姆，帮他在削好的牌子上写字。起初拉姆不愿意，后来在扎西东珠的苦苦央求下，才答应了。也许是因为其中一块牌子要栽到泉水边，拉姆也似乎理解了扎西东珠下午执意不去泉水边的原因了。

又用了整整一个小时，他们先用铅笔写上去，再用钢笔一点一点描，因为字多，而且大，一瓶墨水差不多用光了。

给我一点绿色，还你一片蓝天——这块是栽在月

亮湖边的。

保护水资源，生命到永远——这块是栽在泉水边的。

14

平静无声的月亮湖边，勇敢的扎西东珠与利落的拉姆一起，将写有标语的木板全力以赴地固定在庄重肃穆的煨桑台上，也只有将木板固定在神圣的煨桑台上，才能引起更多人的注意。木板固定完成后，扎西东珠的脸上洋溢着灿烂的笑容,眼睛中闪烁着满足与喜悦的光芒。

泉水那边的情形和月亮湖边不一样，木板没地方固定，只能栽到草地里。让他们没有想到的是，当镢头和铁锨挖进草地时，短短数分钟，坑洞里居然冒出源源不断的水来,栽进去的木板不一会儿就翻倒了。无奈之下，他们只好提起镢头和铁锨，沿着泉水边走了一圈，最后在泉水正上方的一处草坡上,将木板稳稳当当栽了进去。

“保护水资源，生命到永远。”扎西东珠为自己想了很久的这句话自豪起来。拉姆也显得非常高兴，好像做了一件有意义的事儿。

晚上，一家人坐在小房子里，扎西东珠用极富表演的形式，给大家说着白天所做的一切。才华加不住地点头称赞，并且说：“那两句话是拉姆想出来的？”

扎西东珠连忙说：“是我想了好久才想出来的。”

才华加不信，他用质疑的目光看着扎西东珠。拉姆朝阿爸点了点头，说：“不是我想的，我没读几天书，怎么能想出来呢？”才华加知道，读书的事情上对拉姆不公平，可是当年是她自己说啥都不愿意去学校的。拉姆懂事，可她毕竟是孩子，能懂什么大事？才华加觉得对不起拉姆，心里突然难过起来。

才华加试探着对拉姆说：“和你一样大的都在读书。”

拉姆不说话，看了看扎西东珠，说：“让扎西东珠好好读吧，他比我聪明。”

才华加又说：“你也很聪明。”

拉姆说：“我不聪明，我只会放羊。”

才华加叹了一口气，说：“等搬到新建的村子后，你也去读书吧？”

“真的？”拉姆表现出一丝惊喜，继而又低声说，“已经来不及了，都忘完了。”

才华加说：“只要你还想去读书，就不迟。”又说，“阿克郭华能帮上忙。”

扎西东珠想起阿克郭华好久没来了，同学们的消息一点都听不到，他问才华加：“阿爸，阿克郭华最近怎么不见影子了？不知道忙啥呢。”

才华加说：“过几天会过来的。”又说，“他可忙了，新建的村子还有许多事情需要他操心，他是村里的干部，月亮湖附近就我们一家，但他并没有忘记。”

扎西东珠说：“没忘记？那怎么一直没来？”

才华加说：“还没到该来的时候。”

拉姆接着说：“他来也没用，又不能让泉水变清。”

才华加愣了一下，然后笑着说：“他就是要让泉水变清，还要让月亮湖变得更加美丽起来。”

扎西东珠这才想起月亮湖边堆着的那些铁丝网来，他问才华加：“阿爸，月亮湖边那么多铁丝网是干吗的？”

才华加摇了摇头，说：“过几天问你阿克郭华吧。”

扎西东珠又说："泉水边到处都是水。"

拉姆突然说:"我们在泉水边多挖几个坑,水冒出来,就不怕了。"

才华加说："那样不行，草地被挖成坑，不就成黑土滩了吗？"

拉姆哦了一声，又不说话了。扎西东珠欲言又止，他暂时还不想将内心的想法说出来，不过到时候他会叫上拉姆，对他来说，那是一项大工程，一个人无法完成。

接连下了几天的细雨，草地一下就变成了绿毯。扎西东珠和拉姆又为背水的事情发愁。泉水越来越浑浊了，四周泥沙不断堆积，又不断跌入泉水中，泉水比以前也细了很多。扎西东珠好几次想把自己的想法说给拉姆，可话到嘴边又咽了回去，他总觉得还不到时机。他偷偷去过几次，并在泉水边挖过一道槽，刚挖下去，一会儿槽里就溢满了水。泉水顺着水槽往外流，泉眼处的水冒得似乎比以前大了起来。他偷偷笑着，并坚定自己的想法——将泉水变成活水，一定没有问题。

转眼间到端午节了。奶奶对农历五月初五非常重视，因为这天也被称为"桑吉曼拉节"（意为药师佛节）。

传说五月初五药师佛桑吉曼拉要洒下圣水妙药。这天早起喝一口山泉水，会保佑全年身体健康；用这天的山泉水沐浴净身，可以益寿延年；用这天的露水洗脸，还可以明目……因此这天早晨人们都要带上食物，去山林采花摘叶，有山泉水的地方，更是人山人海。

奶奶的故事肯定是口口相传而来的，每到五月初五，奶奶就说，远古时代，人间还没有医生，所有的医生都是天神旺波杰青派下来的。有一位深得群众拥戴的神医，被大家称为桑吉曼拉。有一年他返回天界时，一场瘟疫席卷而来，百姓焚香祷告，悲惨的祈求声传到他耳里，他心急如焚。旺波杰青对桑吉曼拉说，你已去过一次人间了，不能再去，这是天规。桑吉曼拉苦苦哀求，旺波杰青看他痛苦的样子，又不忍心拒绝，就限他在七天七夜将病魔驱除，然后速返天庭。七天七夜将病魔驱除，是根本不可能的，可桑吉曼拉又不能违反天规，于是想了一个万全之策，他将自己的医术、药物以及一颗爱心，化作一枚星辰，永远照耀人间……

往年的今天，扎西东珠会和他的好友们一起来到村子附近的草原，用清晨的露水洗脸，同时他们也会来到黄河湿地繁茂的灌木林里，卷起袖子，把手臂清洗干净。而如今，他只能独自跟随年迈的奶奶去月亮湖边了。奶奶比往日更精神了，每遇到一处水洼，她都会显得非常兴奋，伸出双手，轻轻撩起一捧水，小心翼翼拍打在自己的额头上，她的动作轻柔大方，娴熟自然，仿佛一个不谙世事的小姑娘。

扎西东珠和奶奶返回小房子后，又和拉姆一同去了泉水边。他们背了两个塑料水桶，小黑狗跑在前面，一路上开开心心。到了泉水边，扎西东珠和拉姆都吃了一惊，泉水变大了一圈，蓝汪汪的，清得能看见底部的草根和泥沙。

拉姆高兴地跳了起来，大声喊着："水又变清了，水又变清了。"

扎西东珠也非常高兴，他知道，浑浊的泉水肯定顺着水槽流走了。溢出来的泉水不断扩大，并向低处的草地蔓延，他偷偷挖的水槽早被淹没了。他再次确定，他的想法没错。泉水变成活水，就会源源不断地流淌，就永远不会变浑浊了。

回来的路上，扎西东珠好几次想对拉姆说，但还是忍住了，他想再等几日，万一有什么变化，拉姆会笑话他的冒失。

扎西东珠又想起往年的这一天，心里有点难过。阿爸说过，阿克郭华会来看他们的，可是他一直没有来，同学们都在学校里，连一点消息都听不到。他无心去读课文，也不想去做练习题，满脑子都是新学校和新建的村子。

小黑狗似乎知道扎西东珠要去小山丘，它飞快地了跑一阵，又停下来回头张望。等扎西东珠走近了，再次跑起来。小黑狗终于跑累了，它趴在一块干净的石头上，吐着舌头，不肯走动，扎西东珠只好抱着它。和当初相比，小黑狗结实了许多，抱在怀里沉沉的。扎西东珠想起贡保当智的话，不由得笑出声来。小黑狗看来也是入乡随俗，完全忘记了火腿肠的味道，现在只钟情酥油糌粑了。小黑狗特别聪明，只有一点不好，它喜欢追着羊群跑，因而每到羊群入栅栏的时候，就要将它关起来。

捡来的那只羊和羊群经过长时间的磨合，白天凑合能在一起吃草，但一到入栅栏时，它依旧会跟在拉姆的屁股后头，回到小房子来。奶奶见状笑着说：“这只羊前世可能是我们家的人，你们要好好喂养它。”奶奶说的也是，那只羊捡来好几个月了，没人来找，也不知道是从哪儿冒出来的。

小山丘变换了模样，早就不见了冬日的荒凉。金露梅和银露梅使劲疯长，各种花朵更是相互攀比，红花绿绒蒿已经开了，一支支小红旗插遍了草地。扎西东珠努力朝村子望去，和冬日里一样，村子依旧模糊不清。好久没有去过村子了，才华加隔三岔五地去，可是再也没有带扎西东珠去过。扎西东珠闭上眼睛，想象着黄河湿地的美好，想着想着，他似乎看见了一个英俊的少年站在黄河湿地中间新修的高塔上，看见黄河细细的腰身蜿蜒曲折，浩浩荡荡，水流干净闪亮，水鸟高傲地飞翔着，一会儿贴着水面，一会儿又撩水高飞……

15

扎西东珠偷偷修改水渠的第三天，阿克郭华终于来了。他刚一进小房子，就叫嚷着——渴死了，渴死了，扎西东珠连忙倒了一碗奶茶。郭华接过奶茶，又让扎西东珠再拿两个碗来。郭华将奶茶倒进空碗，又端起来，再倒进另一个空碗里。奶茶转了三个碗，扎西东珠还没明白怎么回事儿，郭华就像牛一样，一口气喝完了。就这样，来回换碗，一眨眼，郭华整整喝了三龙碗奶茶，才缓过劲来，然后拍了拍肚皮说："刚压住渴意。"又打了个饱嗝，笑着说，"饿劲也好像压住了。"

扎西东珠也笑着说："那您就吃亏了。"

"为什么？"郭华面带疑问。

扎西东珠说："等下我阿妈来了要做好吃的。"

"那你不早说。"郭华说，"好吃的照吃不误，三碗奶茶，两泡尿就尿空了。"他说完之后哈哈大笑。

扎西东珠也跟着笑了起来，说："您再喝不？"

郭华说："不喝了，再喝真就吃不下好东西了。"又说，"还得赶回去。"

扎西东珠说："现在就回村子吗？"

郭华说："去月亮湖边。"

扎西东珠说："不是刚从那儿回来吗？"

郭华说："还要去，大概需要半个月吧。"又说，"你没耽误学习吧？再过几个月就要去学校了。"

扎西东珠说："没耽误。"又说，"重新复习了一遍，一定能当个学习委员。"

"那就好。"郭华说，"你阿爸也在月亮湖边帮忙呢，不过有工资，不是白帮忙。"

扎西东珠说："难怪阿爸这几天一大早就出门了。"又说，"月亮湖边的铁丝网是您运来的吗？"

郭华笑着说："是我运来的。"

扎西东珠突然又记起了黄河湿地那边的铁丝围栏，他心里想，不会再也看不到月亮湖了吧？扎西东珠小心地问郭华："月亮湖也要围起来？"

郭华说："走，跟我到月亮湖边看看。"又说，"听你阿爸说，湖边的牌子是你绑上去的？我已经拆下来了。"

扎西东珠听到牌子被拆了，心里很难过，好不易容绑上去了，何况那句话是他绞尽脑汁才想出来的，看来他的想法在大人们眼里根本不算啥。

月亮湖边已经乱得不像样子了，奶奶素日转湖所走的那条小路上狼藉一片，煨桑台也被挪到离湖很远的地方去了，没有往日那么美观，只是用石块临时砌了个台子。铁丝网没有解开，乱糟糟地堆在一起，小路上都挖了很多坑。干活的人很多，有扎西东珠认识的村里人，也有不认识的陌生人。大家见郭华来了，都纷纷提出要求，说天太热了，明天要多带几个炉子，多拉点水过来。

郭华一边答应他们，一边说："今天早点儿歇工，明天早点儿过来。"

未解开的铁丝网旁边有几个空心节能烧水壶，还有一个大塑料桶，桶里的水早没有了，还有几个背包、茶杯和饭盒。空心节能烧水壶对扎西东珠来说并不是稀奇的东西，他家里就有。空心节能烧水壶像一个大铁桶，外边是壶体，中间是空心柱，底部有炉层，柴点着放进去立马会发出轰隆隆的声音，因为壶体长，柴火聚拢，火苗由壶底向空心壁传热，因而烧水很快，不到二十分钟，就能烧开一大壶。

扎西东珠提了下壶，已经变得很轻了。他将炉灰倒出来，提着壶朝泉水边走去。

郭华大声喊着：“扎西东珠，你提着壶要去哪儿？”

扎西东珠也大声回答：“我去提水。”

“这是谁家娃娃？”有人问郭华。

“才华加的儿子。”郭华说。

“真懂事,将来一定有出息。”有人开始夸扎西东珠。

扎西东珠没有回头，但他心里早就乐开花了。水提来了，那壶比他家原来的空心节能壶要大，扎西东珠累得满头大汗。郭华迎了上来，从他手里接过壶，不住地表扬着。

大家都歇了下来，一会儿水就烧开了。郭华对众人说：“那块牌子就是他立的，字是他写的，内容也是他想的。”

大家又表现出十分惊讶的样子。扎西东珠立马骄傲起来，他说：“泉水边也立了一块牌子。”

“泉水边？”郭华说，“我以为你是从冬牧场里提的水呢。”

“泉水边写了啥？”一个胖大叔问扎西东珠。

“保护水资源，生命到永远。”扎西东珠说，“不能让泉水变脏，泉水变脏了我们就没有水吃。”

“啊啧啧——啊啧啧——”大家又一阵夸赞，“将来一定是个有出息的孩子。”

郭华笑着说：“是你从别处抄来的吧？”

扎西东珠很认真地说：“我想了好几天。”停了下又说，“不过保护环境的课文我们学过很多。”

大家又笑了起来，说：“泉水要保护，月亮湖也要保护，草原更要保护。”

扎西东珠突然问大家：“都说好好好，那为啥要把牌子拆了？”

大家齐刷刷朝郭华看过去。郭华连忙说：“看我干吗？又不是我拆的。”

“听了你的话，我们才敢拆。”大家异口同声地说。

扎西东珠又难过起来了，他带着哭腔，对郭华说：“原来都是哄我的。”

郭华立刻严肃起来，说：“等湖边的铁丝网全部拉完，重新做十几个一模一样漂亮的牌子，正儿八经挂在湖边。”又对其他人说，“你们就知道当叛徒，明明是你们拆的。”

大家听完后哈哈大笑。扎西东珠这才开心地跟着笑了起来，他说：“泉水边的呢？”

郭华说：“泉水边同样做个漂亮的。”

太阳快要落山了，湖边的风开始尖厉了起来。大家收拾东西，要返回了。拖拉机停在不远的地方，郭华没有和他们一同回去，而是和扎西东珠去了小房子。

阿妈和拉姆蒸了好几笼藏包，奶奶笑眯眯地坐在炕上，拉着经筒。郭华连手都没洗抓起藏包，一边往嘴里塞，一边说：“太香了，太香了。”

“不怕把舌头烫麻。”阿妈笑着说。

“一口吃两个，没嚼就吞下去，根本尝不出香不香。”拉姆也笑着说。

郭华咽下藏包，说：“让它在肚子里慢慢去香吧。”

正说着，外面传来了摩托车的声音，是才华加来了。刚一进来，郭华就问：“都弄好了吗？”

才华加说：“好了，明早就拉过来。”

郭华说：“那就好。”

扎西东珠试探着问郭华："为啥要把月亮湖围起来呢？"

"给我一点绿色，还你一片蓝天。"郭华说，"这不是你说的吗？"

扎西东珠撇了撇嘴，又问："月亮湖围起来奶奶怎么转湖呢？"

郭华说："立秋就要搬走了，这里再不允许人进来。"

"为啥？"扎西东珠问。

"因为这里是黄河湿地生态保护区。"郭华说，"要不我们的村子也不会搬迁呀。"

扎西东珠说："黄河湿地拉围栏也是不允许人进去吗？我看见里面还修了高塔。"

郭华说："草原可是咱们国家的重要宝藏，为了让草原保持勃勃生机，我们要加强保护和管理，要合理利用，任何人不准在草原上搞破坏。你们这一代可是咱们草原和黄河水源的未来守护者，一定要牢记保护的责任啊。"又说，"为更好地观察候鸟和黄河水流情况，在黄河湿地修个高塔，是很有必要的。"

扎西东珠还想说泉水的事儿，可他没有插嘴的机会，但他已经完全知道了村子搬走的真正原因。住在黄河湿地生态保护区，责任重大，任务艰巨。老师讲过，他们也学过，然而他却没想到，这么大的责任就在身边，就在眼下，他不由得敬佩起阿克郭华来。

郭华和才华加继续说着明天的事情，郭华说：“等水泥柱和钢架拉来后，我们分成两批，一边栽，一边挖。”

才华加不住地点头，并且说：“技术人员啥时候来？”

郭华说：“最迟大后天，要等水泥柱栽好。铁丝网张紧很快，几天就完工了。”

才华加说：“村子里还好吧？”

郭华说：“越来越好了，正在向旅游标杆村的方向发展。”又说，“到时候你也可以考虑开个牧家乐。”

才华加想了一下，说：“那也是个好事情，不过真开了，恐怕又忙不过来。”

郭华说：“看情况吧。”

才华加说：“拉姆想去学校读书。”

拉姆听见说起了她，立马停下手里的活，竖起耳朵仔细听了起来。

郭华说：“搬过去了让拉姆去学个手艺吧。”

才华加说："学啥手艺？"

郭华说："有专门的学习班，可以学个拉面、炒菜，还可以学个修理啥的。"

没等才华加开口，拉姆抢先一步说："我想去学医，给阿妈看病。"

郭华愣了一下，接着又说："这个也应该可以，村里有村医室，我们争取机会和名额。"

拉姆说："如果让我去学医，我一定能学好。"

郭华说："先争取读完初中课程。"又说，"等忙完这阵子我就去打问。"

扎西东珠说："那我呢？"

郭华笑着说："马上要去学校了，你将来去城里读大学。"

不知不觉，天快要黑了，郭华没有住在草原上，他骑着才华加的摩托车走了。扎西东珠没来得及说修改泉水的事情，望着郭华离开了班玛草原，他心里不住地嘀咕——泉水马上要变成活水了，你们不能小看我。

16

扎西东珠不再去关心月亮湖边拉铁丝围栏的事儿，就算他天天跟着，也起不了啥作用。他觉得应该把精力放到修改水渠上来，再过几个月就要去学校了，要搬到新建的村子里去，住在月亮湖边的日子已经不多了。阿爸忙得不可开交，顾不上家里的牛羊，贡保当智来过几回，十头牛入到村里兴办的养殖合作社，大部分牛羊都赶到夏牧场去了。栅栏里剩的牛羊不多，阿妈和拉姆也空闲了许多。扎西东珠不问大人们的事情,但他感觉到，在不久的将来，他们一家有可能要结束放牧的岁月。假如像郭华说的那样，村子成了旅游标杆村，开个牧家乐，再开个大铺子，拉姆学个医生，阿爸风风光光当老板，奶奶坐在阳光下转嘛呢，阿妈的腰也好了……扎西东珠越想越高兴，但他还是想把泉水改成活水，或许这是他离开月亮湖前最应该做的一件事情。

小黑狗长得已经抱不动了，但它变得更敏锐、更聪明了。早晨放羊时它跟着拉姆，羊群在它的驱赶下，从来不乱跑。那只捡来的羊依旧跟着拉姆回来，小黑狗似乎接纳了它，它们之间的相处由最初的追逐也变得和谐起来。

这天中午，扎西东珠带着铁锨又去了泉水边，小黑狗和那只羊也跟随着。到了泉水边，它们倒也乖顺，小黑狗趴在草地上，那只羊吃饱了肚子，卧在小黑狗身边，它们像两个监工，认真看着扎西东珠改泉水。

挖好的水槽一会儿就蓄满了水，扎西东珠索性脱了鞋。水槽越来越满，可泉水依旧不住地外流。扎西东珠放下铁锨，背起手，沿着泉水转了一圈，他突然明白了，这片草地的坡度看起来不明显，而水流的方向却很清晰。这样一来，不用几天，泉水就完全可以改成活水了。

月亮湖那边的围栏工程也如火如荼，奶奶并没有因为月亮湖拉围栏而耽误转湖。不过奶奶转湖的路线发生了变化，奶奶要走比平常更远的路，一圈回来，到达煨桑台时，奶奶已经累得走不动了，她需要歇息好几回，才能走到小房子里。

拉姆参与泉水水渠的修改，已是七月初的某一天。

她看到扎西东珠已经挖了差不多一百米的水槽，忍不住抱怨起来。泉水的流动比以前缓慢了许多，而水槽四周却十分湿滑，水草也显得粗壮而丰茂。拉姆跑到泉眼处看了一阵，然后偷偷笑了起来。她对扎西东珠说："再这样改下去，水就没有了。"

扎西东珠不信拉姆的话，他说："泉水改到水槽里，就变成了长流水，怎么会没有了呢？"

拉姆说："凭啥要告诉你？"又说，"你偷偷挖水渠怎么不给我说？"

扎西东珠委屈地说："你干的活比我多。"

拉姆说："我比你大，两个人一起干不是更快吗？"

扎西东珠说："那最后还不是给你说了吗？"

拉姆想了一下，说："再不能这样挖。"

扎西东珠说："那要怎样挖？"

拉姆说："不用挖水渠了，上面高，下面低，泉水自己会淌下去。"又说，"也不能只挖一条，要在四周多挖几道，水才会向四处流。"

扎西东珠点了点头，说："如果那样，这一片草原上的草一定会长得很高。"

拉姆笑着说："算你聪明。"又说，"那样地下的水会全部冒出来。"

扎西东珠突然又问："你不是说水会没有吗？"

拉姆转了下眼珠子，神秘地说："过两天你就知道了。"

扎西东珠缠住拉姆,非要让她说出道理来。拉姆说："我们先多挖几条小水渠，让泉水自由流淌吧。"

扎西东珠只好默默干活。一会儿，四周草地上都溢满了水。小黑狗突然站起来，飞一般向泉眼处跑去。那只羊也好像受到了惊吓，立马起身发出咩咩咩的叫声。

又是一只小兔子。小黑狗追了一阵，再次回到他们身边时，已经累得吐出了长长的舌头，趴在草地上大口喘气。那只羊半跪着，向四周张望，然后又吃了几口嘴边的青草。

拉姆突然惊叫起来，跑到那只羊身边，一边摸着它的肚子，一边高兴地说："要生小羊羔了。"

扎西东珠放下铁锨，也跑到那只羊身边。他仔细看了看，那只羊的肚子真的变大了，圆圆鼓鼓的。

就在那天晚上，拉姆特意给那只羊喂了豆瓣。奶奶笑着说："现在喂豆瓣，二三月喂啥呢？"

拉姆头都不回，对奶奶说：“它要生羊羔了。”

奶奶也似乎有点吃惊，她停下拉动的经筒，努力向外边看。

拉姆又说:“肚子两边都圆鼓鼓的,会不会是双羔？”

奶奶在小房子里说：“两边都圆鼓鼓的，那一定是怀了双羔，你早晚都给喂些豆瓣吧。”

拉姆又问：“那小羊羔生出来怎么办？”

奶奶说：“不用你操心。”

拉姆继续说：“要圈到栅栏吗？会不会被其他羊踩死？”

奶奶明白了拉姆的意思，她说：“那就单独圈起来吧。”又说，“养了这么久，还是不合群。”

拉姆听奶奶这么一说，便找出以前拴过大黑狗的绳子，说：“就拴在泉水附近吧，那儿草长，够它吃了。”

奶奶不再说话,她专心拉着经筒——唵嘛呢叭咪吽。

17

泉水终于改成了活水。扎西东珠将身子拄在铁锹上，望着草地上闪动着光泽的溪流，高兴极了。拉姆拴好那只羊，又给它梳理了一阵，然后把梳理下来的羊毛拧成绳子，挂在泉水上方他们栽的牌子上。

广阔无垠的夏日草原，风景如画，清凉的空气中弥漫着清香，一朵朵盛开的野花连成一片又一片的海洋，天空没有一丝云彩，宛如深邃无垠的蓝宝石。一只偷偷探出头的野兔子在草原上短暂地露了个面，又快速地钻进洞穴，酣然入睡；苍鹰优雅地在蓝天上盘旋，发出清亮的鸣叫；云雀在草地上欢快地跳跃着，唱出一曲曲美妙动听的歌谣。拉姆和扎西东珠并肩躺在辽阔的草地上，拉姆半闭着眼睛，而扎西东珠却思绪万千。离开这片美丽的草原后，就再也看不到这如诗如画的泉水和月亮湖了。

那只羊就在他们身边，一会儿站起来，一会儿又卧下，显得躁动不安。扎西东珠站起身，走到它身边，解开绳子，将它牵到小溪边，它喝了几口水，然后用腿不停地搅动溪水。

可能是天气太热了——扎西东珠想。要不要给它洗下脸？扎西东珠这么一想，就忍不住笑出声来。拉姆一动不动，像是睡着了。扎西东珠将泉水撩起来洒到羊头上，那只羊甩了甩头，之后定定站着，好像等待扎西东珠给它洗澡。扎西东珠见状也是兴奋不已，他不住地往它身上撩水，直到它的头完全变湿。它又使劲甩了甩头，全身抖动了几下，然后转过身，开始吃草了。

已经到了午后，拉姆真的睡着了。那只羊也吃饱了，它卧在草地上，抬起头，望着深远的蓝天，像个长者在回忆过往的岁月。天空里突然多了几只鹰，它们展开巨大的翅膀，俯冲下来，在拉姆身边低低飞过，又飞向高空。要是有一双苍鹰的翅膀该多好呀。扎西东珠心里想着，那样就可以自由飞翔了，立刻能飞到月亮湖边，俯瞰一切……

拉姆突然发出尖叫，还没明白发生了什么，扎西东珠看见两只苍鹰已经飞远了。拉姆吓得双腿发抖，带着

哭腔，大声对扎西东珠说：“差点让鹰叼走了。”

扎西东珠说：“不会吧？鹰不会叼人的。”

“你看，衣服都叼破了。”拉姆还没有从惊慌中安稳下来。

扎西东珠果然看到拉姆的衣服上有个洞，他也吓坏了。“赶紧走吧。”他对拉姆说，“鹰还会来的。”

“躺了一会儿就睡着了，你怎么不叫我？”拉姆说，“鹰不会叼人，但睡在地上不动，鹰就会把你当成它的食物。”

扎西东珠咯咯笑起来，说：“你那么大，鹰想叼也叼不走。”

拉姆生气地踢了一脚扎西东珠，说：“叼走对你有啥好处？”

扎西东珠依旧笑着说：“真被叼走，我就没有阿姐了。”

“别说了，赶紧干活吧。”拉姆说，“天色不早了。”

扎西东珠说：“不是都干完了吗？”

拉姆说：“最主要的还没干呢。”

扎西东珠说：“还有啥是最主要的？泉水已经变成

活水了，你看，现在到处都是。”

拉姆说：“这样泉水不会长久。”又说，“要想泉水一直冒出来，就要挖开更多的泉眼。”

扎西东珠不明白了，他问拉姆：“泉眼在哪儿呢？”

拉姆说：“就在泉水中呀。”说完后，她走到泉水边，喊着扎西东珠，让他过来看。

扎西东珠第一次清楚地看到泉水里不停冒水的泉眼，有两三处，细小的沙子在泉眼处不断地翻着跟头。

拉姆说：“沿四周挖一圈，所有泉眼都会出来的，那样水就会越来越多。”

扎西东珠立即拿起铁锨挖了起来。整整挖了一圈，泉水已经变得浑浊不堪，连最初的泉眼都看不见了，但明显感觉到泉水慢慢多了起来。

拉姆说：“再挖一圈吧，以后估计没机会来这里了。”

扎西东珠又挖了一圈。当他们将挖出来的淤泥垒在泉水四周时，一汪泉水才真正形成了。这时候，一团云彩开始汇聚在草原上空。草原上一旦看到闪电划破天际，听不到雷声，雨就会泼下来。而辽远的地平线处，天空依然蓝得令人迷醉。月亮湖拉了围栏，以后将不再允许有人进进出出，这片草原渐渐会被大家所遗忘。这眼泉水将永远清澈无比，也不会被人们找到。扎西东珠还想，找不到进入这片草原的路，就让那块牌子永远留在这里，在大自然美妙的乐声中，这里的一切会更加自由、舒展。草原会带着它全部的热爱，与星星一起眨眼，与月亮一起吟唱，与太阳一起闪耀。

18

奶奶好几天没去月亮湖边了，月亮湖边的路全被圈进铁丝网去了。奶奶走到月亮湖附近，只好转身，沿着月亮湖的方向转够一圈，就回到小房子。天气好的时候，她就坐在门外，一手摇着嘛呢，一手转着念珠。天气不好的时候，她就坐在炕上，不住地拉动经筒。看起来，除了转湖，奶奶对任何事情都不闻不问。可是奶奶对那只怀有小羊羔的母羊特别上心，她时不时会问拉姆，还不忘提醒拉姆给它加料。

立秋后的一天傍晚,那只羊终于生下了一只小羊羔。小羊羔浑身黑如木炭，而四只蹄子却雪白无比。小羊羔还算精神，几日过后就活蹦乱跳的，根本没有奶奶所说的那样。拉姆总是说，小羊羔如此精神，就是她给母羊喂豆瓣的结果。当初那只羊一直到立秋还迟迟不生，奶奶总是说，生个秋羔，怕是难以长大了。可见，事实并非如此。只是母羊没有生双羔，拉姆有点失望。她觉得奶奶的话也不全是对的，奶奶有时候也会哄人。

有了小羊羔，扎西东珠和拉姆吵闹的次数渐渐多了起来。小黑狗似乎失宠了,它时不时对小羊羔龇牙咧嘴,露出凶狠的样子来。但小羊羔总是跟随在扎西东珠或拉姆身边，小黑狗就算怀恨在心，也无从下手，只好表现出各种讨好的动作来。

自从泉水变成活水后，扎西东珠再也没有去过那边。连日来，他的心思都在那只小羊羔身上。拉姆不在的时候,他偷偷喂豆瓣给小羊羔,也会绑住那只母羊,让小羊羔吃奶。还好，小羊羔从来不偏向谁，只要谁给它吃的，它就跟在谁的屁股后头。

奶奶看不下去了，她会轻轻咳几声，然后说："羊要放到羊群里去。"

拉姆总是反驳奶奶，她说："随它阿妈了，也是个不合群的东西。"

奶奶说："没有不合群的羊。"

拉姆又说："那只母羊就不合群。"

奶奶说:"只有馋嘴羊才不合群，都让你们惯馋了。"

扎西东珠接过奶奶的话，说:"那就单独拴在草地上。"

奶奶说："不合群的羊是养不大的。"

扎西东珠和拉姆都没有接奶奶的话，他们舍不得将小羊羔放到羊群里去，小羊羔也似乎不愿去羊群。晚上，它会卧在小房子门口。白天在小房子四周吃草、走动，从来不去更远的地方。

天气越来越热了，草原上的花朵都弯下了腰，小草的尖端都有了焦黄的迹象。雨也多了起来，远处的闷雷只要一响，大雨就会倾泻而下。一片云里藏着太阳，一片云里藏着雨，常驻草原的人们都知道，因而，立秋之后都不会出远门，一直到白露过后，草原上的天气才会稳定下来。那个时候，草就泛白了，霜冻会越来越重，雪也会飘飘洒洒将无边的班玛草原覆盖。

这天中午，扎西东珠带着小黑狗去了泉水边。原本很小的泉水已经变成了小湖泊一样大，他站在泉水边，再也不敢向前走去。四周草地完全变成了湿地，小黑狗也不敢贸然前行。那块栽进草地里的牌子不见了，换之而来的是一块很大的横立的牌子——保护水资源，生命到永远。那行歪歪扭扭的字突然变得漂亮起来。字是刻到木板上的，鲜红而抢眼，木板也不是最初的木板，而是加工过的、涂了油漆的木板，木板两端焊接有钢架，钢架被深深埋进草地，周边还浇灌了水泥。

“一定是阿克郭华弄的。”扎西东珠激动得快要哭了，看来小孩子的想法也有被大人们采纳的时候。

月亮湖边的围栏已经拉好了，没有了路，再也去不了湖边。隔着网，依然能看见清澈的湖面，只是平静的湖面在视线里被割成了无数的小格子。煨桑台彻底被拆除了，那片草地也被人翻过，地面上覆盖着一层黑色的网膜。湖边拉铁丝网的人都走了，扎西东珠沿铁丝网走了一百多米，却看见了郭华和他阿爸。他们一边捡拾草地上的铁丝头子，一边说着话。

扎西东珠跑了过去，抱住郭华的腿，说：“阿克，湖边的牌子呢？”

郭华吓了一跳，舒了一口气，说：“吓死人了，还以为是野狗来了。”

扎西东珠呵呵笑了起来，说：“如果真是野狗，你早就被咬翻了。”

郭华听后也哈哈大笑，对才华加说：“你儿子太厉害了，如果真是野狗，你要陪我去医院打疫苗了。”

才华加哈哈大笑，对郭华说：“草原上不会有野狗，只有聪明的扎西东珠。”

扎西东珠问郭华：“月亮湖边再也不让来人了吗？”

郭华说：“是的，这里以后将会成为禁区。”

扎西东珠说：“那奶奶怎么转湖？还有一个月呀。”

郭华说：“奶奶是明白人，拉了围栏，但不影响转湖。”又说，“心意到了，在这片草地上随便走一圈，和转了一圈月亮湖是一样的。”

扎西东珠忍不住嘟囔起来：“谁说的？草地上走一圈不算，又看不见湖。”

“奶奶说的。”郭华振振有词地回应，“奶奶还说，不让人随便来这里是对的，只要月亮湖一直都在，大家的心愿才会圆满。”

扎西东珠哦了一声，又问：“泉水边的牌子可漂亮了，只是可惜，再也不会有人看到它。”

郭华说：“看与不看，它永远在泉水边，日夜守护着泉水。”又说，“我们采纳了你的那行字，那可不是口号，也不是做样子的，它栽在泉水边，永远有着警示的作用。”

扎西东珠又高傲了起来，他说：“那可是我想了好久才想出来的。”又说，“湖边不挂牌子吗？”

才华加接过话题，对扎西东珠说：“湖边的牌子过几天就做出来了，湖边要多做几个，周边都要挂。”

扎西东珠满心喜欢，但他依旧表现出担忧的样子来。他说：“不会换了别的字吧？”

郭华似乎知道他的小心思，笑着说：“不敢换呀，全村的人都夸你呢，说你的那行字好，还说你快成了班玛草原上的能人了。”

扎西东珠喜上眉梢，而嘴上却说：“光夸有啥用呢？”

才华加有点不高兴了，严肃地对扎西东珠说：“难

道还要给你发奖状吗？”

扎西东珠见他阿爸如此说，立刻换了笑脸，说：“那不是，得到全村人的夸赞还有啥不满意呀。”

郭华说：“对了，还真要发奖状。”

扎西东珠听后吃惊不小，他不敢说话。郭华接着对扎西东珠说：“村委会讨论牌子上那行字时，一致认为你写得好，还说你为保护班玛草原的生态环境献策出力，是个草原上的小卫士，要给你颁发奖牌呢。”

扎西东珠听后有点惊慌失措，他连忙说：“奖牌不要了，这是人人都能做到的事情。”

郭华说：“人人都能做到的，却让一个小孩子提前做到了。”又说，“泉水也让你改成了活水，月亮湖又增加了流量，说起来，你的功劳还真不小呢。”

才华加不知道泉水的事情，于是郭华又将那眼小泉让扎西东珠改成大泉，且成为长流水的事情给才华加说了一遍。才华加不住地点头，在月亮湖冬牧场这么多年，怎么就没想到这一点呢？还不如一个孩子。想到这里，才华加微微红了脸。

扎西东珠说：“泉水改成活水，也有阿姐的功劳。”

郭华说："那给你们都记上功劳，等搬到新建的村子后一起奖励吧。"

提起拉姆，才华加又向郭华问起了拉姆上学的事情来。郭华对才华加说："拉姆的事情我问了，还没有具体的答复，不过你放心，一定会有好消息的。"

当他们说得正起劲时，拉姆匆匆忙忙跑了过来，大声喊着扎西东珠，说那只母羊不见了。大家又匆忙赶到小房子，到处寻找那只母羊。一直到太阳快要落山，小羊羔发出咩咩咩的叫声，那只母羊还是没有找到。

19

确定那只母羊丢了，拉姆的眼泪啪啪啪掉在地上，泪珠大得快要将草地砸出坑来。

那只母羊一直拴在小房子后面的草地上，有时候晚上它会发出咩咩的声音，拉姆就将它牵回来，拴到小房子前。如果它不叫，拉姆就可能忘记了它。小羊羔一直跟随着拉姆，从来不会跑到远处去。大概过了两个晚上，拉姆才记起那只母羊。当她跑过去一看，羊已经不在了，连拴它的绳子也没有找到。

奶奶说："或许是它的主人拉走了，大家不用担心了，也不用找了，它不合群，如果在这片草原上的话，早就回来了。"

拉姆抽泣着说："会不会让大鹰抓走了？"

才华加说："鹰没有那么大的力气。"

拉姆擦着眼泪，说："会不会让狼吃了？"

阿妈说："月亮湖一带草原从来没有出现过狼咬羊的事情。"

拉姆不说话，只是抽泣。

奶奶对拉姆说："月亮湖里有神灵，那只羊一定是让原来的主人领走了，不用担心了。"又说，"这片草原吉祥着，不是还留了只羊羔吗？"

拉姆擦了擦眼泪，对扎西东珠说："小羊羔是我的。"

扎西东珠不高兴起来，说："小羊羔是那只母羊生的，母羊是我捡来的。"

才华加对扎西东珠和拉姆说："羊一定要放到羊群里去，离开羊群，要么就被鹰抓走，要么就让狼吃掉。"

扎西东珠和拉姆陷入了沉默。拉姆的内心空落落的，仿佛失去了一个珍贵的宝贝。但她明白，奶奶和阿爸所说的都是无法改变的事实。那只可爱的小羊羔并没有受到母羊离开的影响，它跟在拉姆左右，用水汪汪的大眼睛看着她，时不时还发出祈求般的咩咩声。拉姆看着小羊羔，心中涌起了一股暖暖的爱意。生活中的得失不总是如此吗？虽然那只母羊走丢了，但眼前这只小羊羔却给了她新的陪伴。她下定决心，要更加用心去照顾这只小羊羔，喂养它、陪伴它，甚至将它放到羊群里去保护它。

伤心了好几天的拉姆终于重新振作了起来，她打起精神，白天小羊羔时时跟着她，到了晚上，拉姆还是狠心将它关进栅栏里。小羊羔总有长大的一天，不能永远跟着她。

失踪的母羊也被一家人渐渐遗忘了，而小羊羔的成长却一天比一天明显。月亮湖那边彻底完工了，完工之后，再也没有人去那边转湖或煨桑了。月亮湖被围栏圈在草原上，素面朝天，水鸟们越来越多，它们并没有因为铁丝围栏的阻挡而减少，甚至有些小鸟还像做游戏一样，在铁丝围栏的空隙里来回穿梭。

让扎西东珠最满意的是那些挂在围栏上的牌子，每隔二百米就挂了一个，远远看去，围栏不再那么单调，月亮湖也不再孤独。

这大概是扎西东珠最后一次去月亮湖边了，他不知道以后有没有机会，也不知道多年以后的月亮湖是什么样子。以前转湖的路被圈在里面，覆盖草籽的那层薄土表面已有草尖探出嫩黄的头角，它们会不断成长，不断壮大，面对各种艰难险阻，坚强地站立在这片土地上，坦然面对高原灼热的烈日，向大自然展示生命的坚韧与不屈。

泉水越来越满了，四处游走的溪流不断汇聚、靠拢，渐渐形成了新的一汪湖泊，呈现出要和月亮湖比拼的气势来。小黑狗陪着扎西东珠，它站在那块新立的牌子旁，面对粼粼波光，也觉得这里的一切变得陌生起来了。

到了出栏的时节，阿爸又拉走了一拖拉机羊。拉姆和阿妈的活减轻了许多，只是阿爸比以前更忙了。马上就要搬到新建的村子去了，那边的房子虽然是现成的，但还有许多地方需要抓紧收拾。

这天下午，才华加回来了，他一回来就躺在空心砖小房子里，一直到吃饭时才起来。才华加显得很疲惫，连话都不想说。阿妈端来饭菜，一家人闷声闷气吃着。小黑狗和小羊羔在地上走来走去，发出不同的声音。

奶奶说："都喂饱了吗？"奶奶像是问拉姆，又像是问扎西东珠。

拉姆说："小羊羔喂了豆瓣。"

扎西东珠说："小黑狗喂了糌粑。"

奶奶哦了一声，又开始拉动经筒了。憋了一个下午的才华加突然笑出声来，说："都成羊和狗的天下了。"

奶奶并不赞成才华加的说法，她松开拉紧的绳子，说："一个完整幸福的家，除了人，也不能缺少牲畜。"

"哦呀。"才华加说，"马上要搬过去了，可是村子里已经没有了牛羊。"

扎西东珠连忙问："阿爸，村子里有狗吧？"

拉姆也说："一只小羊羔也没有吗？"

才华加看了看扎西东珠和拉姆，说："我没有见到。"又说，"村子非常漂亮，就是没有了草原牧区的气息。"

扎西东珠问他阿爸：“那有的是啥？”

才华加说：“各种各样的超市，各种各样的特产。当然还有广场、篮球场，广场上还安了许多健身器材。”

扎西东珠说：“有牧家乐吗？”

才华加说:“村子周边的草原上都搭了帐篷,可以住,可以吃。”

拉姆说：“村里有医生吗？”

才华加说：“有卫生室，三个医生呢。”

扎西东珠又问：“见到索南昂毛他们了吗？”

才华加说：“见到了，他们还问你呢。”又说，“学校修得很漂亮，都是楼房。”

扎西东珠和拉姆不再说话，他们各怀心思，默默看着各自关爱的小黑狗和小羊羔。

才华加沉默了一会儿，说：“小黑狗和小羊羔我们就带过去吧。”

扎西东珠和拉姆点了点头，但他们说不出是难过，还是高兴。第二天，太阳升到小房子头顶时，扎西东珠和拉姆去了月亮湖对面的山丘上。他们打算在小山丘上待一天，因为距离搬到新建的村子的日子越来越近了。

扎西东珠戴上了他阿爸的毡帽，手里提着玻璃水壶。拉姆拿了干粮，也拿了雨布。来到小山丘后，扎西东珠将毡帽盖在脸上，平平展展躺在草地上。拉姆坐在一块石头上，望着远处的村子。要离开这里了，再也不能回来了，这片草原上留下了她的童年，也留下了她跟随阿妈出出进进的艰辛岁月。

小羊羔在山坡上吃草，吃到扎西东珠跟前，它用嘴掀掉盖在扎西东珠脸上的毡帽。扎西东珠立马起身，小羊羔吃惊地跑到一边。扎西东珠看它可爱的样子，笑了笑，又躺在地上。他闭上眼睛，痴痴地想着——眼前突然出现了一群骏马，正从黄河湿地那边奔驰而来，马上的少年英俊潇洒，骏马跑过月亮湖，跑过泉水边，跑过整片草原，跑向太阳出来的地方……

"赶紧起来。"拉姆轻轻踢了一脚躺在草地上的扎西东珠，说，"鹰又来了。"

扎西东珠立马站起身，天边果然有几只大鹰在盘旋。

拉姆说："鹰绝对能抓得起你。"

扎西东珠说："我已经起来了，它就不敢抓了。"

拉姆说："你说新建的村子好，还是月亮湖边好？"

“这个没办法说，各有各的好吧，等搬过去就知道了。”扎西东珠一边说，一边引逗着脚下的几只蚂蚁。

蚂蚁越来越多了，扎西东珠拉起几片大叶草，就发现了蚂蚁窝。扎西东珠很好奇，他拧开玻璃水壶，将水灌进了蚂蚁窝里。蚂蚁们立刻慌张了起来，一会儿四下逃散。

拉姆见状很生气地对扎西东珠说：“正是草原上各种虫子最多的时候，奶奶让我们尽量少出门，就怕不小心踩死它们。你可倒好，还用水淹，奶奶知道就不得了了。”

扎西东珠说：“我又不是故意的。”又说，“我就是想看看它们的反应。”

拉姆越发生气了，她说：“这不是故意是什么？你想淹死那么多蚂蚁吗？”说完之后，她走到小羊羔跟前，将干粮袋子挂到它脖子上，不再搭理扎西东珠。

扎西东珠自讨没趣，但他学习拉姆的做法，也将玻璃水壶挂到小黑狗脖子上。小羊羔走得很小心，干粮袋子摇晃着，时不时碰着小羊羔前腿。拉姆发出咯咯的笑声，对扎西东珠说：“还是小羊羔好吧？”

小黑狗和小羊羔不同，它像疯子一般，一会儿奔跑，一会儿打滚。啪的一声，水壶碰在石头上，碎了一地。小黑狗不但没有受到惊吓，反而用爪子刨了刨碎玻璃。

拉姆连忙说："赶紧抓住，小心被玻璃扎伤。"

扎西东珠呵斥住小黑狗，从脖子上取下只留下瓶口的水壶，一边检查它的爪子是否受伤，一边对拉姆说："你看，小黑狗聪明着呢，它不会那么容易受伤的。"小黑狗也回应似的摇了摇尾巴。

拉姆看着他们，脸上溢出无奈的笑容。她走过来，摸了摸小黑狗的头，然后对扎西东珠说："以后不能这样玩，万一受伤了怎么办？"

扎西东珠点点头，看着拉姆，又看着小黑狗，然后说："记住了，阿姐。至于那些蚂蚁，我只是好奇，你千万别跟奶奶说。"

拉姆微笑着说："那你现在看到了，蚂蚁们会因为水而慌张，会因为水而四下逃散。蚂蚁也有生命，以后千万不能那样对待它们。"

扎西东珠看着拉姆，心里充满了敬佩。他知道，拉姆不仅是他的阿姐，还是他的老师，她教给他的不仅仅是尊重生命，还有对大自然的理解和尊重。

扎西东珠和拉姆向小房子走去，小黑狗和小羊羔快乐地奔跑，阳光照在草原上，和谐而美好。阿爸已经答应了，要带小黑狗和小羊羔去新建的村子里，以后再也不会分开了。

那天晚上，扎西东珠心事重重，翻来覆去，无法进入梦乡。他悄悄地起身，轻手轻脚地打开房门，小心翼翼地掀起沉重的门帘，一股凉爽的夜风拂过他的面颊，带来了远处的花香和夜晚的清凉。他向天空望去，漫天的繁星像无数明亮的眼睛，闪烁着神秘的光辉，仿佛在诉说着宇宙的奥秘。

扎西东珠情不自禁地寻找那课文中描绘的如同勺子般的北斗七星,它们在夜空中闪烁着清冷而明亮的光芒。他仿佛已经置身于遥远的宇宙，在浩瀚无垠的星河中穿梭，感受到了那无与伦比的广阔与神秘。然而在这迷人的星空下，扎西东珠却有了无法言喻的孤独。夜空的繁星仿佛是他的朋友，却又无法真正理解他的内心。这种深深的孤独感，就像一颗流星划过夜空，虽然短暂却让他难以忘怀。

20

奶奶转湖的步伐渐渐缓了下来，更多的时候，她不再去月亮湖边，而是在小房子门前煨着桑，在四周的草原转一圈，之后坐在炕上，安心拉动着经筒。尽管如此，不易觉察的淡淡的忧郁和留恋在她眼中若隐若现。显然，奶奶对于即将离开月亮湖还是有点不舍，然而她那安详的面容却始终没有改变。扎西东珠曾试探过奶奶，奶奶口上说无论住在哪里都一样，但从她的行为和眼神中，可以看出她内心的挣扎和无法割舍的依恋来。这么多年风餐露宿的岁月里，她完全习惯了游牧生活。她的心已经和自由自在的牛羊紧紧相连，她的心已经和风雨弥漫的季节丝丝相扣，她的心已经和广袤无垠的草原生死相依……

阿妈和拉姆也表现出不同往昔的紧张来，她们的脸上显现出深深的忧虑和不安。牛羊越来越少了，可阿妈还是闲不下来。她不断地整理着行囊，在各种物品上轻轻地抚摸着，仿佛每样东西上都沾满了情感和回忆，就连一根细小的牛毛绳子她都舍不得丢弃。

这段时间，才华加忙得不可开交，每隔两三天就会来牧场一次，住上一晚又匆忙回到新建的村子里去。临走前，还要捎带些小东西，说到了正式搬迁的那一天会很忙乱，容易丢失。这让全家人都显得心神不宁，小黑狗和小羊羔也似乎知道了即将要搬家，整天围绕在小房子周围不肯离开。

才华加足足有三天没出门，扎西东珠不清楚发生了什么事儿，他在空心砖小房子门口徘徊，还没有想好要怎么安慰阿爸时，才华加却出来了。才华加伸了伸腰，打了个哈欠，说："准备好了吗？"

扎西东珠被才华加突如其来的一句话问住了，他说："阿妈和阿姐还在收拾。"

才华加说："搬迁的事情村里会有人来帮忙，我是说你自己的事情准备好了吗？"

扎西东珠说："我有啥准备的？"

才华加拍了拍脑门，说："忘记给你说了。"

扎西东珠说："啥事情呀，阿爸？"

才华加说："马上要开学了，我去了一趟学校。"

扎西东珠突然来了精神，他问阿爸："你去找老师了？"

才华加笑着说："老师来找我了。"又说，"我不放心，又去学校详细说了下你的情况。"

扎西东珠说："老师怎么说的？"

才华加说："老师让你赶紧来学校报名。"想了下又说，"这段时间我可没见你学习啊。"

扎西东珠说："放心吧阿爸，学习的事情我一直操心着。"又迟疑了一下，嗫嚅着说，"他们都高我一级了。"

才华加安慰扎西东珠说："高一级不要紧，还不是在一个学校读书吗？"

"嗯。"扎西东珠点了点头，说，"新学校怎么样？"

才华加说："我不是说过了吗？新学校好得很，新来的老师有好几个呢，听说都是大学生，教得可认真了。"

扎西东珠说："阿爸，我们啥时候搬过去？"

才华加说："十天左右奶奶转湖的日子就结束了，到时候就搬。"又说，"等下跟我去村子吧，旧屋子里还有许多东西要收拾呢。"

旧村子其实已经谈不上叫村子了，除了孤零零的他们家未拆完的房子外，四周全成了草原，根本看不到村子的模样。院子里长满了杂草，但屋子里还保持着以前的样子，没有搬走的家具依然整整齐齐。

“阿爸，院里都长草了。”扎西东珠说，“不住人，房子就烂了。”

才华加说:“是呀，不住人房子就烂了。”又说，“抽空来过几次，还换了嘛呢旗。”

扎西东珠在进屋前就看见了。他知道阿爸没有完全放弃这个院子，不过这次真要搬走了，留在这里的一切都将成为记忆。他走出院门，在以前玩过的地方走了一圈,最后跑到黄河湿地看了看。铁丝围栏几乎看不到了，短短一年，湿地上的灌木已经淹没了铁丝网，看不到闪着光泽的黄河，也听不到水鸟的欢叫。扎西东珠怏怏不乐地返回来了，他不想去吊桥那边，他不想看见大天鹅和黑颈鹤，如果真的看见了它们，他怕自己对新建的村子也就不喜欢了。

离开了旧村子，才华加将一个很小的木箱绑在摩托车上，经过月亮湖对面的小山丘时，才华加停下摩托车，坐在草地上，对扎西东珠说：“歇一会儿吧。”

扎西东珠说：“很快就到了。”

才华加说：“搬到新建的村子后，以后就不放牧了。”

扎西东珠说：“不放牧到底好不好？阿爸，不放牧干什么呀？”

才华加说：“彻底不放估计也不行，那边也划分了草场，只是不像以前那样大面积放牧了吧。”

扎西东珠说：“那村里其他人都在干什么呢？”

才华加说：“大多人都忙着在合作社里干活儿。”

扎西东珠说：“都干些啥活儿？比放牧还累吗？”

才华加笑了笑，说：“活倒是很轻松，没有放牧那么累了，大多人还是或多或少留了牛羊。”

扎西东珠说：“合作社里不是也有牛羊吗？”

才华加说：“是呀，牛羊集中放养，集中出栏，酥油和处里玛也是。按照入股牛羊情况分红，的确比自己放牧赚得多些。”

扎西东珠说：“那不很好吗？”

才华加说：“是很好，再不用操心，有专门的管理人员。”

扎西东珠说：“阿克贡保当智和桑麦呢？”

才华加沉默了好长一阵，才说：“桑麦开了个小超市，还在村子附近承包了旅游点。”

扎西东珠说：“村子里有旅游的人吗？”

才华加说：“天气好的时候来的人很多。”又说，“桑麦专门请了做饭的人，他的生意很不错的。”

扎西东珠说：“那我们呢？”

才华加说：“原来想开个铺子，现在看来不行了，村子里已经有好几家铺子了。”

“开个牧家乐吧？”扎西东珠说，“阿克郭华不是说过吗？都要开牧家乐呢。”

才华加叹了一口气，说：“家家都开牧家乐，肯定赚不了钱，再说一过夏季，谁来村子里旅游呢。”

扎西东珠嗯了一声，他觉得阿爸说得非常对，不能盲目地去做没有把握的事情。他又问才华加：“阿爸，这几天你把自己关起来，就是想这些事情吗？”

才华加说：“是呀，想了好久，也拿不定主意。”又说，“你阿克郭华让我去当护林员，你看怎么样？”

扎西东珠说：“有林吗？”

才华加说："村子北坡一带全是林，而且这一年大家也栽了好几片松树林。"

扎西东珠说："当个护林员也挺好的。"又说，"那有没有危险呢？"

才华加说："没有危险。"又说，"他还让我当村里的环境保护员。"

扎西东珠笑着说："那你两个都当，家里怎么办？"

才华加说："有工资呢。"又说，"打算把牛羊全部入股到合作社，让你阿妈去合作社里干些轻活。"

扎西东珠不住地点头，说："重活阿妈肯定干不成。"又说，"我一定好好去读书。"

才华加露出笑容，说："让阿姐去学医，她一定会很开心的。"

扎西东珠说："那奶奶呢？"

才华加说："奶奶就转经筒、念嘛呢。"

扎西东珠说："小黑狗和小羊羔就让奶奶看着吧。"说起小黑狗，他又想起贡保当智，于是又问，"阿克贡保当智呢？他的那只小狗也长大了吧？"

才华加好久不回答，阴沉着脸，说："我们回去吧。"

扎西东珠见才华加不高兴起来，便不敢多问。才华加发动摩托车，对扎西东珠说：“小心箱子。”

“箱子里装的是啥？”扎西东珠问才华加。

“擦擦（指一种模制的泥佛或泥塔）的模子。”才华加说，“那可是你奶奶的东西，不能损坏了。”又说，“以后别提贡保当智了。”

扎西东珠说：“他怎么了？”

才华加说：“或许过几天你会知道的。”又说，“还没具体落实，估计也差不多了。”

扎西东珠不敢多问，他紧紧抱着阿爸，眼前又浮现出贡保当智和他抢小黑狗的情景来。

21

月亮湖边越来越冷清了，天气的变化让人猝不及防。八月中旬的一场雪，让草原提前结束了绚烂的时光。紧

接着便是霜冻，似乎是一夜之间，广袤天地间只剩下了满目的枯草。奶奶一大早就起来了，她在小房子门口不远处煨着桑，并沿草地转了一圈。她知道，接下来便是难熬的冬天，但她的眼神里充满了期待。过了冬季，这里的一切又会重新复苏，欣欣向荣。

还未进入冬季，月亮湖就已经结了一层薄薄的冰。扎西东珠再次来到这里，远远看着月亮湖，心里充满了不舍和难过。月亮湖没有了夏日的生机，泉水那边也是薄冰覆盖，一派荒凉。小动物们开始寻找食物，它们的出现给深秋的草原带来了骚动和不安。

扎西东珠站在寒风肆虐的草地上，他似乎看见了秋夜的月亮，寒冷的月光洒在湖面上，月亮湖显得更加幽静而孤独了。他又似乎听见了一些细小的声音，它们在寂静的夜色中，低声吟唱生命的赞歌……这里的一切都要成为回忆了。郭华说过,村里人都称他为草原小卫士，可是他再也不能守护这片草原了，再也看不到这美丽的月亮湖和清澈的泉水与溪流了。

一家人还没有准备好要搬迁，郭华匆匆忙忙就先过来了。刚一进小房子门，他就开始叫嚷：“果然是他，都承认了。不过他已经认识到了自己做得很过分了，甘愿为村子里打扫一年的环境卫生，算是将功补过吧。”

才华加努了努嘴，又对拉姆说：“赶紧给你阿克郭华倒奶茶。”

郭华说:“没必要隐瞒,他不是坏人,只是一时糊涂。”又说,“村里老人们都原谅了他,他自己在嘛呢房发了誓,以后再也不给网红刷礼物了。”

听完郭华的话，才华加默不作声。拉姆将一碗热奶茶端到郭华跟前，郭华接过奶茶，脸上的表情也渐渐放松了下来。他喝了一口奶茶，接着说：“贡保当智的事情也算是一个警告，以后大家一定要注意，不要轻易相信网络上的东西，尤其是村里的年轻人。”

才华加不住地点头，说：“是啊，大家常年在草原，对不了解的事物最好还是不要去碰。”又说，“年轻人见多识广，其实也不应该上当受骗呀。”

郭华说：“还是没经受住诱惑。”

才华加又对郭华说：“那样不好吧？他还年轻，很伤面子的。”

郭华说：“是他本人提出来的，说让村里年轻人引以为戒。”

才华加哦了一声，又说：“他自己提出的应该合适着。”又说，“也是年轻，要不怎么会做出那样的事情来呢？”

郭华说：“想起来也可笑，生龙活虎的男子汉让网红给迷倒了。”

才华加问郭华：“前后刷了多少？”

郭华说：“估计很多，不然怎么会去偷盗？”

才华加又叹了一声，说：“看有啥能帮的，大家尽量帮一下。”

郭华喝完最后一口奶茶，将小龙碗递给拉姆，接着说：“对了，村里老人们准备在嘛呢房专门开个会，有两件事情要商议，一是倡导年轻人们戒酒戒烟，最重要的是不能偷盗；二是要表扬扎西东珠和拉姆，说他们为保护草原献策献力。”

才华加拍了拍手，兴奋地说：“这个好，这样可以提醒大家，让年轻人都来。至于扎西东珠和拉姆的事情就算了吧。”又说，“草原上的人，哪个不爱护草原呢！”

郭华说：“贡保当智的事情不仅仅是一个意外，更是一个警示。扎西东珠和拉姆的事情，还是听村里老人们的意见吧。”

扎西东珠大概听出了一些眉目，但奶奶却忍不住先问了起来：“你们说了半天，年轻人长，年轻人短，到底出啥事情了？”

郭华看了看才华加，才华加低头不语。郭华又对拉姆说：“奶茶还有吗？”

拉姆又倒了一碗奶茶，端到郭华面前，笑着说：“还有很多，您喝不完的。”

郭华接过奶茶，吸溜了一口，对才华加说：“没必要隐瞒，再说也隐瞒不住，迟早会知道的。”

才华加说：“也是，迟早会知道的。”

郭华放下奶茶碗，咳了几声，对奶奶说：“其实也不是啥大事情。”

奶奶也咳了几声，说：“不是啥大事情，你们都说这么长时间了。”

“村子里丢了东西。”郭华说，“丢的都是小物件，也不要紧。”

奶奶轻蔑地说：“村子又不是孩子，怎么会丢东西？”

又说，“是让人偷了吧？我听见你们说认错、偷盗啥的话了。”

郭华笑着对奶奶说：“都是小物件，不要紧。”

奶奶立刻说：“贼不分大小，偷了东西，就永远是贼。”说完之后，奶奶又拉动经筒。

郭华说：“他已经认错了，大家也原谅了他。”

奶奶一边拉动经筒，一边说：“是贡保当智吗？班玛草原上可从来没有出现过贼呀。”

郭华点了点头，说：“您怎么知道是他？”

“——唵嘛呢叭咪吽。”奶奶说：“我想起那只小黑狗了。”

郭华有点不明白了，他问奶奶：“和小黑狗有啥关系呢？”

奶奶说：“才华加说起过，贡保当智从网红手里买了两只狗。”

郭华笑着对奶奶说：“还是您的记性好呀。”

奶奶露出了笑容，说：“不知道网红是啥，第一次听说，就牢牢记住了。”又说，“他那么年轻，不缺胳膊，也不缺腿，怎么学会偷东西了呢？”

郭华说："他整天看直播，给网红刷礼物，后来就……"

奶奶打断了郭华的话，说："刷啥礼物？酥油还是牛绒？"

郭华哈哈大笑，说："不是酥油，也不是牛绒。"

扎西东珠和拉姆异口同声说："钱！"

奶奶停下拉动的经筒，张大嘴巴，半天都没反应过来。

郭华说："贡保当智看直播上瘾了，还迷上了网红，于是就给人家用钱买礼物。"

奶奶说："自己的家好好不顾。"又说，"迷上了就放不下，没钱买礼物了就偷东西，班玛草原上可从来没有出现过这样的事情呀。"

才华加不住地摇头，阿妈也止不住叹气。拉姆双眼浸满泪花，说："那只羊肯定也是他偷走的。"

郭华看了看拉姆，又看了看扎西东珠，说："不是还有只小羊羔吗？"

扎西东珠咬牙切齿地说："一定是他偷走的，他就是贼，我再也不想见到他了。"

才华加说："那只羊的事情还不一定，再说了，那只羊已经不在了，就忘记了吧。"

郭华对才华加说："一码归一码。"又对扎西东珠和拉姆说，"那只羊让他卖掉了，你们原谅他吧，他已经认错了，原谅他也是给他一次机会。"

扎西东珠红着眼睛说，"又不是他家羊，他凭啥要卖？他就是贼。"

见扎西东珠不依不饶，奶奶说："那只羊有它自己的命，贡保当智犯了错，但你们不能和他一样犯错。对一个已经认了错的人，而且发过誓，以后永远不会犯错的人，就不能再天天挂在嘴边。"

扎西东珠和拉姆都不说话，但可以看得出，他们心里是无法原谅贡保当智的。郭华突然问扎西东珠："你是个大孩子了，应该知道浪子回头的故事吧？"

"我知道那个故事。"扎西东珠说。

郭华微笑着说："对啊，贡保当智也是一样，他犯了错，但已经发誓以后不再犯错，我们应该给他一个机会，让他重新做人。"

奶奶接着说："说得没错，我们应该给贡保当智一个机会。只要他真心悔过，丢失一只羊也是值得的。”

扎西东珠和拉姆听完郭华和奶奶的话，脸色渐渐温和了下来。然而，要想让扎西东珠和拉姆真正放下内心的芥蒂，还需要时间。

郭华试探着问拉姆：“过两天贡保当智要来你们家，你会给他倒奶茶吗？”

拉姆想了一下，说：“会的。他来了就是客人，还是要好好招待的。”又说，“偷东西是他的不对，不给客人倒奶茶，那就是我的不对了。”

郭华又问扎西东珠：“你呢？”

扎西东珠说：“他不会来我家的。”

郭华说：“过两天就来，大家都要来，要帮忙搬家呀。”

扎西东珠默默点了点头，说：“我要和阿姐一样，既然原谅他了，就不能再为难他，因为他也是草原上的男子汉。”

郭华看了看才华加，才华加看了看奶奶，奶奶对拉姆和扎西东珠竖起了大拇指。

22

奶奶终于完成了她的心愿，她望着远处的月亮湖，露出了笑容。要离开了，全家人无比高兴，而又暗自感伤。搬到新建的村子后，月亮湖边就再也不会有冬牧场了。还没有正式搬迁，才华加已经将小物件转移得差不多了。所剩牛羊不多，按照郭华的意思，直接装到车上拉过去，那样省时省力。毕竟到了深秋，海拔三千多米的班玛草原上,随时随地会有雪花飘舞。小房子要拆掉，空心砖房子也要拆掉，可以用的木材不能丢弃，而砖块瓦砾以及墙皮泥土要拉到指定的地方去。

“千万不能将垃圾留在草原上。”郭华不住地叮嘱才华加。

才华加说："都说几百遍了。"

郭华又说："旧村子那边收拾干净了吧？"

才华加说："就等来年开春种草了。"

扎西东珠已经知道，搬迁就是这两天的事情，但旧村子里那几间房已搬走的事情他不知道。他想，大人们做事或许就这样，不会和孩子们商量。其实扎西东珠还有一个愿望,那就是在搬迁前,想去黄河湿地看看。然而,他始终没有把握住机会，也没有人给他这个机会。他多么希望能在黄河湿地里看到大天鹅和黑颈鹤，可是，这个愿望再也无法实现了。

这天晚上，等家里人都睡熟了，扎西东珠蹑手蹑脚来到外面，他不敢走远，只能站在小房子门口。月光下的草地苍茫而辽远，格外美丽。夜风吹拂着，扎西东珠紧张而激动地向月亮湖的方向望去，他也希望那些美丽的大天鹅和黑颈鹤很快回到月亮湖，回到这片曾经属于它们的家园。可是，月亮湖却咫尺天涯，似乎在遥远的天边。

才华加没有忘记郭华交代过的事情，在草原上生活了这么多年，搬家也不是第一次。只是这次情况特殊，离开将是永远，因而他的心情也很差。但他知道，要为孩子们提供一个稳定、优美、和谐的家庭环境，要让他们勇敢地追求自己的梦想。同时，他也很清楚，大家心中永远有一个家，那就是月亮湖边的冬牧场。

月亮湖四周水草肥美，夏天时宛如一面镜子，倒映着蓝天白云，清澈见底。每到冬天，湖面结冰，反射出远方雪山的轮廓。旧村子没有搬迁的时候，每年冬天，好几户人家都要在月亮湖边的冬牧场里度过，这么多年来，月亮湖早就成了他们的心灵家园。他们在这片草地上牧牛放羊，日出而作，日落而息，然而他们并不感到孤独，因为大家有一个共同的信念，那就是守护这片草原，让它永远保持着勃勃生机。才华加也曾幻想着自己能够像父辈们一样,在这片草原上将这份信仰传承下去。想到这里，才华加心中感慨万千，仿佛在清澈的月亮湖里看到了曾经的自己——那个满怀梦想的少年。

这天早上，月亮湖冬牧场上来了三辆车，也来了许多帮忙的村里人。贡保当智负责赶牛上车，桑麦负责拉羊。郭华自己也开了一辆小货车，等所有东西都装到车厢里时，冬牧场一下子就空了。没来得及给贡保当智倒碗奶茶，就这样，大家离开了月亮湖。

才华加坐在前排，扎西东珠抱着小黑狗，拉姆抱着小羊羔，他们和阿妈、奶奶挤在后排。奶奶用颤抖的双手不住地擦着眼泪，嘴里还念叨着什么。扎西东珠的心

里也很难受，但他知道，千万不能哭。他努力看着窗外的风景，看着远处的雪山。

车开到大路上，郭华似乎轻松了许多，他一边开车，一边对坐在后排的扎西东珠和拉姆说："等明年春天，我会带你们来月亮湖边看看。"

扎西东珠说："把索南昂毛他们也带上吧？"郭华说："都带过来，也让他们看看你写的牌子。"

扎西东珠又高兴了起来，他说："明年春天，月亮湖里会来大天鹅和黑颈鹤吗？"

郭华说："一定会来的，说不定这个冬天就来了。"又对拉姆说，"拉姆，你也要去上学，年纪还小，再不能耽误了。"

拉姆说："阿克，我还能去上学吗？"

郭华说："我已经给你联系好学校了。"

拉姆说："我想学医。"

郭华说："放心吧，就是让你去读卫校的，将来还可以继续考到更高的学校，学习是一辈子的事情。"

拉姆紧紧抱着小羊羔，温柔地将脸贴在小羊羔身上，开心地笑了起来。

扎西东珠不再说话，他望着不断远离的草原，一直到月亮湖也消失在天边，他终于流下了眼泪。车子经过旧村子，郭华有意放慢了速度，大家都没有说话，好让旧村子慢慢消失在视线里。

扎西东珠紧闭双眼，想象着这一年来的快乐时光，突然间他感觉又回到了美丽的月亮湖边，湖水宁静而清澈，大天鹅在湖中欢快地游弋，黑颈鹤在草地上尽情地舞蹈，月亮湖和天空接连在一起，大得无边无际……

2023.07 火柴厂

2023.10 火柴厂

2024.01 通钦街